*Alain et le Nègre*

Robert Sabatier
de l'Académie Goncourt

# Alain
# et le Nègre

ROMAN

Albin Michel

IL A ÉTÉ TIRÉ DE CET OUVRAGE

*Vingt exemplaires sur vergé blanc chiffon, filigrané,*
*des Papeteries Royales Van Gelder Zonen, de Hollande,*
*dont quinze exemplaires numérotés de 1 à 15,*
*et cinq exemplaires, hors commerce, numérotés de I à V ;*

*trente exemplaires sur vélin cuve pur fil de Rives*
*dont vingt exemplaires numérotés de 16 à 35,*
*et dix exemplaires, hors commerce, numérotés de VI à XV ;*

LE TOUT CONSTITUANT L'ÉDITION ORIGINALE

© Éditions Albin Michel S.A., 1953, 1999
22, rue Huyghens, 75014 Paris

ISBN BROCHÉ 2-226-10705-3
ISBN LUXE 2-226-10764-9

L'ENFANT comprit qu'il ne pourrait pas s'endormir. Las de rechercher vainement la bonne position, il enfonça son coude dans l'oreiller, cala sa joue dans la paume de sa main et se résigna à l'examen de minuit.

Cela se passait de la même façon chaque soir. Dès le lâcher du vol des écoliers, il s'empressait de jouer une partie de billes le long du grand mur, toujours au même emplacement : entre le S et le E du « Défense d'Afficher, loi du... ». Il perdait toujours, non par maladresse, mais parce qu'il ne prenait pas le temps de viser, nuance qu'il indiquait à sa décharge. Il s'accroupissait pour se lever brusquement en jetant sa bille avec le plus de force possible, afin qu'elle ricochât contre le mur et risquât au retour de cogner la bille visée.

Las de perdre – ou ayant perdu jusqu'à la dernière bille –, il regagnait l'épicerie maternelle en flânant longtemps. En rentrant, il jetait un vague bonjour aux consommateurs de la buvette et embrassait sa mère, toujours occupée et qui le repoussait bien vite.

Il ne s'en offensait pas et regardait si rien n'avait changé pendant son absence. Puis, il prenait un chocolat immense pour un minuscule morceau de pain, sortait de sa gibecière en carton-pâte ce mélange de papier rayé, d'encre et de taches que le maître nommait « Cahier du soir ».

Durant les périodes calmes, sa mère lui demandait de garder l'épicerie tandis qu'elle se livrait à quelque travail dans l'arrière-boutique.

Il en profitait pour faire jaillir l'eau gazeuse du siphon dans sa bouche. Le jet, se brisant contre sa langue, lui causait un plaisir inouï. Quand un client entrait, il essuyait rapidement ses lèvres pour les étirer sur un strident « Boutiiiique », afin que sa mère vînt servir le paquet de pâtes ou le litre de vin demandé.

Dès qu'il en jugeait le moment propice, il proférait un « j'peux m'man », avec une moue d'inquiétude. Sur un signe affirmatif, il allait rejoindre son royaume : la rue.

Paré du titre de sous-chef de « Ceux de la rue Labat », une des tâches était d'imposer sa loi à « Ceux de la rue Bachelet ». Le lance-pierres était l'arme principale, moins dangereuse après tout que les corps à corps. S'il était convenu de remplacer d'inhumains projectiles par des boulettes de papier mâché, du moins les fabriquait-on très dures.

La bataille était bien organisée. Les filles mâchaient les boules et les tendaient aux guerriers. Les malheureuses, à bout de salive, n'arrivaient pas toujours à honorer toutes les commandes de munitions, et les garçons fourraient du papier dans leur bouche déjà pleine. Elles se sentaient très responsables.

Quand, lassés du jeu, les combattants se retiraient sur leurs positions, toujours vainqueurs – puisqu'il leur suffisait de le croire –, ils commentaient la bataille en termes variés et souvent pittoresques :

– En plein dans les mirettes !

– A bout portant sur le tarin !

Alain cherchait en vain quelque exploit extraordinaire, mais comme aucun ne lui paraissait assez grand, il se taisait ou parlait de son cousin qui « faisait-son-service-militaire ».

– ... Un cuirassier, mon vieux !

Pour lui, ce mot résumait toute la force. Un mélange de navire de guerre, de métal, de cuir, de chevaux, de cheveux au vent. Un sortilège du verbe au service de la virilité. Mais l'autre n'en restait pas là :

— Le mien est agent, c'est encore plus !

— Agent de police ?...

— Agent de police !

— Un flic, quoi ? T'es donc un fils de flic...

Et son visage devenait dédaigneux.

— ... Un fils de flic, c'est moche !

— Pourquoi ?

— Parce qu'un flic, c'est moche ! Je ne sais pas pourquoi, mais tout le monde trouve ça moche.

L'autre rougissait et lui jetait avec rage :

— Pas plus qu'un fils de mercanti comme toi !

Alain, sans connaître la signification exacte de ce terme, répondait :

— Oui, bien sûr !

Son camarade affirmait avec conviction :

— Un fils de mercanti, ça ne vaut pas plus qu'un fils de flic !

Les deux enfants répétaient cette phrase comme un proverbe.

Il arrivait que pour varier Alain commençât une danse d'Indien, sous les applaudissements et les jurons sympathiques :

— Eh, Alain, Youpi !

— Alain, tout-fou-cinglé !

— La voiture pour Charenton ! Lâchez les chiens !

Il continuait sous les huées jusqu'à l'épuisement. Ses camarades marquaient le rythme en scandant :

— Tout-fou, Tout-fou, Tout-fou...

Énervés, ils finissaient par y ajouter un brin de méchanceté :

— Tout-fou, cinglé. La voiture, la voiture...

Enfin, sa mère criait de la boutique, une main en porte-voix :

— A table, Alain, à table ! Allons, rentre !

— Encore une minute, m'man !

— Non ! Allez, rentre, ou... la gifle !

Il quittait toujours un peu tristement les copains :

— Salut, les gars !

— Adieu, tout-fou-dingue !

Il rentrait, fourbu de danses et de jeux.

L'arrière-boutique, minuscule, offrait aux regards la masse tarabiscotée d'un buffet Henri II, d'une table presque assortie dont les détails disparaissaient sous les pans d'une toile cirée, enfin de chaises en bois courbé venues là on ne sait trop comment. Dans un recoin encombré de casseroles, de vieux calendriers vide-poches, de boîtes à épices, une tablette soutenait le réchaud à gaz. La pierre à évier laissait couler les eaux dans un seau gras et bosselé placé sous le trou de vidange. Quand il était plein, on le vidait dans le ruisseau. Interdiction formelle de faire pipi dedans (Tu es trop grand, maintenant !).

Chez lui, on se nourrissait de cassoulet en conserve. Sa mère s'en était procuré un stock à bon prix chez un confrère en faillite. Alain, s'étant habitué à cette nourriture, ne s'en plaignait pas. Il savait faire chauffer lui-même les boîtes au bain-marie.

Sa mère passait tout son temps à l'épicerie, derrière le petit comptoir de la buvette, à écouter les plaisanteries des clients. A ces derniers, Alain réservait son respect. Tous des habitués : M. Biscot, retraité des Galeries, qui prenait son Pernod tous les soirs, madame Denise qui-faisait-des-ménages, la mère Étienne qui avait vécu en maison.

(Sans savoir ce que ça pouvait cacher, « vivre en maison » représentait pour Alain le fin du fin. Il pensait : « Si je pouvais vivre en maison !... »)

Venait aussi Lucienne, qui parlait souvent de son mari, un homme « ayant une situation ». Et aussi « La Cuistance », une vieille buveuse de ballons de vin rouge, mais qui cuisinait si bien les beignets à la banane ! Ces gens-là passaient des heures au comptoir, prononçant des paroles souvent obscures pour l'enfant.

Parfois, on le questionnait :
– Que feras-tu quand tu seras grand ?
Les réponses étaient toujours inattendues :
– Je serai ténor !
Ou bien :
– Je serai général de cuirassiers !
Chacun invoquait pour circonstance atténuante « l'âge bête ». Lui savait bien quelles concessions il faisait aux grands en prêtant quelque intérêt à ces questions ridicules. Que faire quand on est grand ? Quelle absurdité ! Il n'y a plus rien à faire puisque le but est atteint : on est grand.

Être grand, il le désirait de tout son cœur.


Il était terriblement tourmenté. Son carnet de notes offrirait un visage lamentable, il serait le dernier de sa classe. Le dernier ! On lui supprimerait le Cirque Médrano promis et chacun lui ferait honte. Le remède à tout cela : travailler, travailler, apprendre ses leçons, écouter le maître. Chaque mois, il pensait :
– Je commencerai à me bien conduire à partir du mois prochain – ou après Pâques, ou après le Jour de l'An... Je serai le premier, le premier... Les chouchous n'en reviendront pas.

13

Le temps passait, la réalité se révélait tout autre.

– Ce n'est pas qu'il soit, Madame, disait le maître d'école, un mauvais élève, mais il est toujours dans la lune ou comme un moineau tombé du nid. Une bonne cure d'air pur lui ferait du bien...

Alain songea qu'il était très malheureux, qu'il aimerait dormir longtemps... ou être à la piscine. Quand son cousin l'y avait conduit, il s'était surpris à ne plus penser à rien, à vouloir demeurer dans ce lieu plein d'échos, à regarder toujours le mouvement berceur de l'eau. Depuis, à chaque apparition de ses tourments, il revoyait ce lieu magique.

Ainsi existaient quelques refuges. Un des terrains vagues de la Butte Montmartre lui appartenait. Personne ne le savait, mais il était à lui. Quand ceux de la rue Labat s'allieraient à ceux de la rue Bachelet pour le combattre, il s'y retirerait, érigerait des murs de briques et se défendrait jusqu'au bout, jusqu'à la capitulation, la mort peut-être, armé de son lance-pierres et de sa foi.

Ou bien, il se barbouillerait de terre glaise et chacun dirait en tremblant :

– C'est un Indien, méfions-nous, il possède des flèches empoisonnées !

Et même les agents de police s'enfuiraient. Il consentirait à ne faire de mal à personne, à condition qu'on se montre très gentil avec lui, mais très très gentil... Alors, il les admettrait dans son fort et deviendrait, petit à petit, Empereur du Monde et Général des Cuirassiers. Enfin, tel un de ces preux chevaliers dont on lui avait parlé en classe, il protégerait le faible, la veuve et l'orphelin. Plus tard, il aurait une grande barbe comme Charlemagne, et comme Saint Louis rendrait la justice au pied d'un grand chêne.

Pour l'instant, il n'était qu'un enfant maigre, sauvage, au visage embroussaillé sous ses cheveux blonds, un enfant des villes aux épaules creuses.

Être fort, il le désirait très vivement ; il le désirait par crainte. De même, il ne pouvait pas dormir parce qu'il avait peur, sans oser se l'avouer.

La porte de la cuisine-salle à manger laissait filtrer des bruits de verres entrechoqués, des glouglous de bouteilles, des sons d'instruments à cordes, des rires zézayants.

Ce bruit l'effrayait. Il savait que le nègre vivait là, avec ses amis, se berçant de musique, mangeant, buvant, fumant... Il connaissait cette présence et chaque fois que les bruits devenaient plus forts, il ramenait ses bras contre son corps, pour se protéger.

Il bougea encore dans son lit, plia le traversin en deux pour mieux blottir sa tête. Il y appuya l'oreille droite, puis la gauche. Dans les deux cas, un battement se produisit contre son tympan. Il se coucha donc sur le dos pour éviter ce désagrément. Le plafond taché lui offrit des dessins sataniques. Non, il ne pouvait pas dormir. Des picotements grimpaient le long de ses jambes qui lui semblèrent, elles aussi, très embarrassantes.

Le matin, en se rendant à l'école, il avait déposé chez le boulanger un plat contenant un râble de lapin à cuire au four. Cela se produisait souvent ; il portait des plats garnis tantôt d'un poulet, tantôt de gratins et... à la maison, on n'en mangeait jamais. Il n'osait interroger, quelque chose l'en empêchait. Il ne savait quoi au juste, mais il ne pouvait pas.

Il se demanda si ce n'était pas la peur des cauchemars qui l'empêchait de sombrer dans le sommeil désiré. Posant son regard sur la masse sombre de l'armoire en noyer patiné, il pensa au visage rougeaud du directeur de son école, soupira, puis se résigna à entendre les bruits des présences voisines.

Les nègres mâchaient des grains de piment sec en buvant du mascara. L'un d'eux grattait sa guitare, un autre son banjo. Le troisième, les mains croisées sur le ventre, semblait protéger une honnête digestion. Son pied seulement battait la mesure.

L'épicière les servait gentiment, les trouvant si prévenants, si polis, si bien éduqués. Le contraste entre ce qu'elle imaginait, jadis, des noirs et leur tenue réelle augmentait encore son admiration.

Le râble de lapin avait été grillé à point. Elle songea qu'elle aurait pu en réserver un morceau pour Alain. Mais non !... ces épices brûlent la bouche et, aussi, Vincent eût-il offert ce même large sourire et ce même œil blanc de reconnaissance devant un plat entamé, moins bien présenté ? Demain, elle donnerait une bouchée-rocher au petit. Cela compenserait.

Mahohé, le petit noir, chantonnait. Quelle maigreur, quel inhumain visage ! Et puis, cette chair noire, vraiment trop noire ! Elle regarda la peau de Vincent, son amant. Elle présentait des tons café au lait. Ses lèvres, quoique épaisses, ne pouvaient se dire lippues. Elle se sentit attirée par lui et déplora qu'ils ne fussent pas seuls.

Il y avait aussi le vieux nègre, sympathique avec son ventre confortable, ses cheveux blancs, son air malicieux et indulgent. Un bon curé de campagne ! Pour un peu, on se serait confessé à lui.

Elle se caressa le cou en partant de la gorge et sa main alla ranger quelques boucles. Elle se sentait bien. De temps en temps, son amant lui effleurait la main de ses longs doigts.

Les nègres s'accordèrent sur une idée bizarre : boire du Pernod pur. L'épais mascara ne suffisait pas à la jouissance de leur palais, ne pénétrait pas leurs lèvres. Des papilles gustatives semblaient être logées dans toutes les épaisseurs de leurs chairs.

Il fallait, avec eux, s'attendre à tout. La femme partit d'un long rire. Comme pour les grains de piment ! Ils les mâchaient lentement. Comment broyer ce feu ? Les lèvres de Vincent en gardaient toujours une saveur lointaine.

Elle posa trois verres sur la table et ils burent légèrement.

Comme ils chantaient, elle les laissa et alla procéder à quelques rangements dans sa boutique.

D'un mouvement rapide du pouce enveloppé dans un torchon, elle fit briller les verres. Un vieux journal essuya la glace. Des bouteilles vides dansèrent dans le grand panier de métal. Le vieux zinc resplendit de nouveau.

Elle compta l'argent de sa recette et s'accorda un moment de répit. Elle posa ses mains à plat sur le comptoir pour en ressentir la fraîcheur.

Pensant qu'elle vieillissait, elle passa ses doigts sur son visage, comme pour en effacer les rides. Elle se sentait constamment fatiguée et c'est avec tristesse qu'elle regardait son amant noir qui était jeune et beau. Elle l'avait aidé, il y a quelques mois. Maintenant, il exerçait son métier de musicien et n'avait plus besoin d'elle pour vivre. Il continuait à venir le soir et était très gentil.

Elle l'aimait, comme seules savent aimer les femmes de cinquante ans : avec sa chair autant qu'avec son amour-propre. Elle se sentait très malheureuse quand elle l'imaginait jouant dans les boîtes de nuit et regardé par des femmes jeunes et jolies.

Avant lui, il n'y avait eu que son mari, mort avant la naissance d'Alain. Elle pensa à l'enfant, si sauvage et qui fuyait toujours devant « le nègre ».

Elle remua la tête, comme pour un fait de peu d'importance et la pensée de Vincent effaça les autres. Sa silhouette noire se découpa, élégante, longue... La confiance lui revint. Elle sourit et l'écouta chanter.

Dehors, un couple serré frileusement rêvait d'une paillasse, un bec de gaz clignotait, l'enseigne du plombier battait au vent. Elle ferma ses volets de bois. Ses invités (sauf un...) sortiraient par-derrière.

Alain s'efforçait de ne pas entendre et de penser à tout autre chose.

La petite Italienne lui offrait ses plus jolis sourires et son amitié dans les jeux. Parfois, elle l'embrassait, le serrant très fort contre elle. Il n'aimait pas ça et la repoussait. Il ne savait pas très bien s'il l'aimait ou la haïssait. Il avait un peu peur d'elle. A sa pensée, il bougea les lèvres, agacé.

Il entendit la porte se refermer sur les noirs. Il savait qu'un d'entre eux restait là et il remonta les draps sur son visage. Il mordilla ses ongles, se tourna, se retourna, sentit sourdre une envie de pleurer ou de mordre. Les doigts quittèrent la bouche pour les narines. Les draps froissés et chauds le dégoûtèrent.

— Et si je couchais par terre !...

... Cette idée s'imposa. Il sauta du lit. Comme il s'apprêtait à construire son « nid de chien », des bruits l'intriguèrent. Son oreille alla se coller à la serrure.

Son cœur battit très fort. Il ne sut pas très bien au début si on parlait dans sa poitrine ou de l'autre côté de la porte.

Il eut froid aux jambes, mais l'angoisse le cloua sur place, l'obligeant à entendre les bruits, à les analyser pour en connaître la signification. Il crut distinguer des halètements, des bruits de baisers et des craquements de bois. A travers tout cela qu'il ne savait interpréter, il entendit des petits cris et reconnut la voix de sa mère.

Il prit son visage entre ses mains et le serra très fort, comme pour arrêter le mal qu'il ressentait à l'entendre.

Elle nomma plusieurs fois son amant, en criant de plus en plus fort :

– Vincent, Vincent, Vincent !

Il y eut un cri aigu, plus fort que les autres.

L'enfant crut que le nègre battait sa mère.

Une boule monta et descendit dans sa gorge. Beaucoup d'eau lui vint dans la bouche. Son corps grandit, devint immense, ses dents se serrèrent, ses poings se durcirent, il fonça dans la pièce voisine.

La femme demi-nue remua sous le nègre.

L'entrée en trombe de l'enfant leur fit l'effet d'une douche glacée. Le nègre se retourna pour recevoir contre lui une véritable boule de nerfs laissant émerger quatre membres frappant à toute volée. D'une pichenette, il eût pu l'envoyer rouler à l'autre bout de la pièce. Non ! Cette colère enfantine parut au contraire l'effrayer. Il ne songea pas même à se protéger, mais son visage se crispa.

La mère essaya d'écarter les coups de l'enfant. Elle ramena tout d'abord son peignoir sur sa poitrine.

Humiliée, ne sachant si Alain comprenait ou non, n'imaginant pas qu'il la crût battue et non aimée, elle sentit croître une colère aussi forte que celle de l'enfant.

Elle se leva et le maîtrisa d'une paire de gifles lancée à toute volée. L'enfant tourna sur lui-même.

Le nègre essaya de la retenir, mais Alain crut qu'il voulait au contraire aider sa mère à le battre. Il recula et poussa un cri.

A demi assommé, il réalisa pourtant que sa mère le ramassait à pleines poignes, traversait la pièce et le jetait dans son petit lit dont sa tête rencontra le bois. Elle ajouta quelques coups.

L'enfant s'évanouit enfin dans le sommeil.

Le jour éveilla Alain. Sa tête lui faisait mal, son bras replié sous lui était complètement engourdi, la peau de son visage sous les larmes séchées lui causait une impression désagréable.

Les monstres du plafond avaient changé. Il ne retrouva pas la tête de lion ni les couteaux croisés. Au lieu du mur, il ne rencontra que le vide. Enfin, il comprit qu'il avait dormi en travers du lit.

Il jeta sa tête sur le traversin et le corps reprit sa position normale. Il retrouva chacun de ses dessins du plafond avec sa physionomie particulière et cela lui donna une impression de sécurité. Il dit tout haut :

– Aujourd'hui, c'est jeudi : pas d'école !

Et cela signifiait : « La grasse matinée. » Tout allait bien.

Pourtant non !... Une sensation pénible le tenaillait et brusquement la scène de la veille lui apparut dans toute sa réalité. La colère monta, monta... Peut-être le moment de se réfugier dans son terrain était-il venu ?

Il mordit son drap et le frottement contre la toile raide lui fit si mal qu'il le lâcha brusquement et passa sa langue sur ses dents.

Une pendule sonna huit coups. Le temps de l'écouter en comptant sur ses doigts et la colère avait laissé place à une sage résolution.

– Puisqu'il est huit heures, à partir de maintenant, je vais réfléchir à tout cela et agir en conséquence.

Il commença par renifler. Il évoqua si fort la chose, revit si parfaitement la scène qu'elle se fixa devant ses yeux. Il n'eut plus qu'à raisonner devant cette image en la détaillant :

– Le nègre battait maman. J'ai été la défendre et c'est elle qui m'a battu. Si elle m'a battu, c'est que je n'aurais pas dû la défendre.

Cette première explication ne lui suffit pas. La petite machine continua à fonctionner.

– Maman m'a battu parce que je voulais battre Vincent. Oui... bien sûr, mais...

Une étincelle jaillit :

– Elle l'aime plus que moi !

Il ne s'arrêta pas à cette supposition tant elle lui sembla horrible, hors nature.

Il recommença :

– Si maman m'a battu, c'est que j'avais tort, c'est que... c'est que... oh !

Son menton se mit à trembler. Il ne poursuivit pas son raisonnement, tant tout lui parut net, affreusement net :

– Vincent ne battait pas maman. Il faisait semblant, ils jouaient et moi...

Le monde inconnu des grands lui montra ses ombres infranchissables. Il se heurta à ce royaume noir, noir comme Vincent, noir comme lui-même. Toute logique s'écroula. Avec tout le sérieux de l'enfant qui rencontre un problème et le résout, il murmura :

– Je suis un misérable.

Son menton trembla de plus belle. Il enfonça ses poings dans ses yeux, fort, fort.

Sa mère ne lui parla pas, se bornant à lui jeter un regard significatif en remuant la tête comme pour dire : Tu ne sais pas ce qui t'attend, toi !...

Alain promena un regard ennuyé sur les rayons de la boutique et ne trouva rien de mieux à faire que de sortir, de s'asseoir au bord du trottoir et d'attendre.

Quelle serait son attitude quand il reverrait le nègre ? Ce dernier avait dû s'échapper dans la nuit ou au petit matin, mais quand il reviendrait, peut-être y aurait-il à lutter, à se battre. Il serra ses petits poings, les enfonça de nouveau dans ses yeux et secoua la tête pour chasser tant de mauvaises pensées.

Une mousse verdâtre croissait entre les pavés ; il en arracha une touffe et l'éparpilla entre ses doigts. Rarement des voitures passaient dans sa ruelle. Une Chrysler, longue comme un cigare, brillante comme des souliers vernis, glissa... A l'intérieur, une belle dame somnolait. L'enfant regarda le chauffeur et surtout sa casquette à lisière de cuir, sa blouse blanche ; il eut le temps de s'arrêter aux revers de manches bleus, à la petite moustache noire. Une vague idée le pénétra de ce monde qui vivait ailleurs que dans sa rue, en des lieux mystérieux, inconnus, redoutables. Cette idée se brouilla et les mains sous le menton, il murmura les yeux levés au ciel, comme s'il voulait commencer quelque conte : Quand on est grand...

Puis il pensa à la « chasse aux clous ». Dans la rigole, au bord des pavés, dans leurs creux, on pouvait découvrir toutes sortes de pièces de métal : vis, clous, épingles rouillées déposés là par les eaux sales s'écoulant vers l'égout. Il en possédait déjà une considérable collection. Chaque pièce pourrait servir lors de constructions futures. Celle du bateau par exemple : une entreprise très difficile, planter des clous dans un morceau de bois plat, tendre entre eux des élastiques, dessiner de petits drapeaux, peindre le bois, et, enfin, posséder un superbe navire, de guerre bien entendu. Il était noyé dans ses rêves quand Grand Jack passa :

– Eh la fille, viens jouer à la poire !

Jeu absurde : on quitte la rue pour aller vers l'avenue. On s'approche d'un café et après avoir repéré une dame, en général vieille et d'aspect respectable, on prononce gentiment :

— Pardon, Madame, vous savez comment j'irai à l'école demain ?

Elle s'attendrit :

— Mais non, mon petit !

Alors, on jette sa main droite par-dessus l'épaule et on répond :

— Comme ça...

Plus elle se fâche, plus on rit et on se carapate.

Grand Jack pratique ce jeu à longueur de journée, mais il lui faut un spectateur. Généralement Alain accepte ce rôle et, en rentrant, il répète :

— Ah, c'qu'on s'est marré, c'qu'on s'est marré !... pour essayer de se convaincre.

Il y a aussi le jeu des sonnettes, mais il faut se méfier des concierges... ou encore le jeu des chandelles. On monte au Sacré-Cœur et on allume les cierges les uns à la flamme des autres. C'est amusant : le suif coule sur les doigts, vous brûle un peu et durcit. On chuchote :

— J'en ai allumé deux, et toi ?

— Moi, six !

— Veinard, du tonnerre !

Parfois, une vieille dame passe et murmure :

— C'est bien ça, mes petits, c'est bien...

Grand Jack pouffe. Alain est très fier d'abord,

mais se demande ensuite pourquoi c'est bien. Lui classe cela au même rang que les autres plaisanteries, du côté moche, avec les trucs moches.

Il y a aussi ceux qui baisent le pied de la statue de saint Pierre (même que son pouce est tout usé !). « Des dingues ! » dit Grand Jack.

Et le jeu des chiens collés ! Il chipe un siphon à sa mère et zou ! il les asperge.

De temps en temps, quelque ménagère dit :

— Si c'est pas dégoûtant !...

Mais tout cela l'ennuyait, lui semblait bête, puéril, enfantin. Il répondit avec tant de gravité :

— Non, il va falloir que je rentre !

que Grand Jack s'éloigna, ses mains dans les poches, en remuant la lèvre inférieure et les hanches d'un air crâneur.

Alain replongea dans sa rêverie en murmurant comme pour attendre la suite de sa phrase :

— Quand je serai grand...

et il regarda la maison de six étages qui lui semblait vaincre toutes les autres.


Rentrant dans la boutique, il s'assit dans un coin, sur un sac de légumes secs.

M. Biscot, retraité des Galeries, demanda un

Pernod. Puis il parla de ses amours défuntes :
« Juliette ! Elle m'aimait bien, Juliette ! Une
Normande, et grasse, et forte, et pourtant sou-
ple dans le lit. Une bonne grosse voix sentant
bon l'Argentan. Une fraîche motte de beurre. »
Il l'avait quittée en 14 et ne l'avait jamais revue.
« Et Yvonne, une Marseillaise brune, qui mangeait des tartines d'huile d'olive avec du poivre,
pour se maintenir en appétit. Et quels appétits !
Et Juanita (on prononce Roinita), brune aussi,
avec de minuscules seins à la pointe noire, noire
à en être bleue, des lèvres minces et souples, un
système pileux agréablement développé. » Avec
elle, il n'était plus le maître de ses sens. Celle-là
le rendait fou ; elle le mordait, le roulait, l'épar-
pillait, le tuait.

Le père Biscot continua l'inventaire.

– C'est bien simple : de midi à 4 heures, les
filles de fabrique ; de 4 à 8 les patronnes (il
clignait de l'œil en frottant son pouce contre
son index) ; de 8 à minuit les bonnes ; après,
les filles de maison à la fin de leur travail.

– Père Biscot, vieux farceur, bien fini tout
ça ; l'appareil ne fonctionne plus !

Le vieux frottait sa moustache blanche :

– Laissez faire... laissez faire...

et il reprenait le récit de ses prouesses.

Une cliente pénétra dans la boutique ; les

conversations s'arrêtèrent ; elle demanda très fort :

— Un pot de moutarde à l'estragon !

Le gosse se leva brusquement, servit le pot et hurla littéralement :

— Caisse 30 francs ! Caisse, voyez caisse !

A ce moment-là, sa mère, derrière son comptoir, prononça :

— Il est quand même débrouillard...

Il nota un mieux dans ses relations avec elle, mais ne comprit pas qu'on le félicitât pour une chose aussi simple. Chaque fois qu'il voulait bien se conduire, faire quelque chose de grand, chaque fois qu'il réussissait dans une entreprise importante, on le regardait froidement ou on le rabrouait et aujourd'hui, pour tendre un pot de moutarde à une cliente, on en faisait « tout un volume ». Il pensa à une balance qui marcherait très mal et qu'il faudrait faire vérifier.

Il s'amusa à faire des nœuds dans une ficelle et se souvint d'avoir fait la nuit précédente un cauchemar. Il se trouvait dans la basilique, la nuit. Des hommes encapuchonnés amenaient un mort gigantesque. Il était couché sur le dos et, au passage, il reconnut le corps de son père qu'il avait vu « étant petit » sur son lit de mort. Les prières commencèrent et il sentit qu'on le regardait « de travers ». Peut-être parce qu'il n'était pas à genoux. Il s'y mit bien vite et joignit les mains en remuant les lèvres, comme tout le monde. Le prêtre le regarda sévèrement. Il murmura très vite : Je vous salue Marie... Je vous salue Marie... Je vous salue Marie... (c'était tout ce qu'il savait de la prière). Le prêtre le regarda encore. Il avait compris qu'il disait toujours les mêmes mots ; il fallait changer : Marie, Jésus, Joseph... Marie, Jésus... Le prêtre se retourna et il se sentit plus rassuré. Le mort le regarda. Il lui dit : « Papa, mon papa... » Le mort sourit et redevint immobile. Puis une chose affreuse commença. Alain gémit. « Non... non... » Il comprit qu'on allait ouvrir le ventre du mort pour en extraire des instruments bizarres : des couteaux, des verres à vin, des cheveux, des boutons, des billets de banque... « Non, non », et le cauchemar passa...

Alain secoua la tête à cette triste évocation, regarda vers le comptoir. La mère Étienne le désigna et dit :

– Ah ! à c't'âge, on est heureux !

Il apprit sa leçon d'histoire et quand il en connut par cœur le résumé, se sentit beaucoup mieux. La nuit tombait et dehors ses camarades chassaient des chauves-souris, souvent illusoires, avec des lance-pierres. Grand Jack fonçait à la tête de la bande, le môme Capdeverre suivait, il avait « saigné du pif » et une rigole de sang avait séché au-dessus de sa bouche : il tirait de temps en temps la langue pour lécher. Alain eut un haut-le-cœur et ne regretta pas de rester seul. Il alla passer un peigne mouillé dans ses cheveux, se haussant sur la pointe des pieds jusqu'au miroir. Souriant à l'image renvoyée, il bougea comiquement la tête et sentit que tout allait mieux.

Demain et après-demain : l'école. Bah ! il connaissait sa leçon par cœur. Ah, si le maître pouvait l'interroger ! Mais c'était justement les rares fois qu'il savait ses leçons qu'on ne l'interrogeait pas. Son geste alors lui semblait inutile et il s'efforçait, pour le compenser, de rejeter de sa mémoire ce qu'il avait appris.

En tout cas, demain on jouerait aux gendarmes et aux voleurs. S'il pouvait être le voleur ! Quelle joie quand on fonce vers la prison pour délivrer beaucoup de camarades. Il suffit d'en toucher un et comme ils font la chaîne, on les délivre tous du même coup. Quelle gloire !

Il plongea sa main dans la caisse aux conserves et en retira une boîte de cassoulet, regarda l'étiquette et se demanda pourquoi elle mon-

trait un plat immense, couronné de trois sau-
cisses, alors que dans la boîte il n'y en avait que
deux. Amusant les étiquettes ! Ainsi celle de la
vache qui rit, qui a en guise de boucles d'oreilles
une boîte avec une vache qui rit, laquelle vache
qui rit porte aussi des boucles d'oreilles avec
une vache qui rit, laquelle etc. Il reconstitua
ainsi tout un troupeau de vaches de plus en plus
petites, et comme au bout de toutes ces pensées
il risquait d'avoir mal à la tête, les chassa et mit
la boîte de cassoulet dans la casserole d'eau
bouillante.

Il fit pipi dans le seau sous l'évier, bâilla, tira
sa chemise dans ses culottes et résolut de manger très vite, d'aller se coucher aussitôt, sans
oser se l'avouer pour ne pas revoir l'homme
noir.

En effet, quand le nègre entra, il était déjà
au lit et, le nez écrasé contre son oreiller, dormait profondément. La mère ouvrit la porte de
sa chambre et se tournant vers son amant, chuchota : « Il dort ! »

Vincent posa une Philip Morris entre ses
lèvres, à gauche de sa bouche, pour la tirer de
temps en temps de la main droite, d'un geste
élégant. Son costume aux revers en biais l'était
moins ; cette coupe baroque et de mauvais goût

contrastait avec sa silhouette sportive, mais le rire bon enfant corrigeait tout.

Pendant que la mère lui préparait une omelette aux fines herbes, il regarda ses ongles puis se versa une rasade de cidre, fit une petite grimace, se leva, alla embrasser la femme dans le cou et demanda :

— Alain ne t'a parlé de rien ?

Elle secoua la tête négativement d'abord, puis la remuant comiquement de bas en haut, elle pouffa de rire en même temps que Vincent.

— Quel gosse !... Tout allait vraiment mal, hier !...

Le noir fut ravi qu'elle ne gardât aucune rancune à Alain. Ce petit diablotin lui plaisait et il ne pouvait penser à la brusque irruption de l'enfant sans qu'un large rire le traversât. Toute la journée, il avait conté l'histoire à ses amis et chacun avait été secoué du même rire.

Assis de biais, il mangea son omelette en silence, faisant seulement de temps en temps craquer son pain entre ses longs doigts.

La mère l'interrogeant habilement sur son emploi du temps, il répondit sans se faire prier. Du *Dupont-Barbès* au *Dupont-Latin*, il n'avait fait que passer par la boîte chic des Champs-Élysées où il jouait de la guitare de 5 à 7.

— Tu as peur, je le vois, que j'aie été voir une autre femme. Après cette nuit...

Elle se mordit la lèvre inférieure avec malice et, fermant les yeux, se surprit à goûter, longtemps après qu'il les eut prononcées, toutes les paroles de Vincent. Ce zézaiement, cette absence d'r, produisait une musique qui la traversait entièrement, la faisait frissonner. Elle s'assit sur ses genoux et l'embrassant près de l'oreille lui murmura plusieurs fois qu'elle l'aimait. Le mot ayant pour lui un sens plus précis, il lui promit « de l'aimer tout à l'heure ».

A la boutique, assis près du comptoir, un ivrogne attardé somnolait. La femme le désigna à Vincent et pensant lui offrir un morceau de choix lui dit :

— Sors-le...

Elle pria l'ivrogne de s'en aller, mais il referma simplement les yeux avec un grognement. Voyant cela, elle ouvrit la porte pendant que Vincent, retournant l'homme, le prenait au col de son veston et au fond de son pantalon, le soulevait pour le poser dans la rue. Il le fit même courir devant lui un moment et se frottant les mains :

— C'est une course à l'échalote !

Tout allait décidément bien ce soir-là. La

mère, réjouie, se sentait rajeunir. Elle se pendit
à son cou :

– Dis-moi quelque chose de gentil !

Le nègre regarda le papier peint, le buffet, les
casseroles, l'assiette où un morceau d'omelette
attendait. Son regard alla vers la boutique, parcourut le plafond et redescendit vers la porte
de la chambre où Alain dormait et, las de tant
de choses mortes, d'objets laids, il pensa à cette
présence vivante, à cet esprit traversé de pensées
étranges, à ce petit être chaud et tourmenté, aux
yeux vifs et traversés d'éclairs. Il se sentit très
près de lui, très semblable à lui, et se tournant
vers la femme, comme pour répondre à une
autre question qu'il eût lui-même posée, il prononça :

– Dimanche, j'emmènerai Alain avec moi !

Cependant que la mère renonçait déjà à comprendre ses paroles, touchant seulement son
corps avec amour.


Vendredi matin, le maître eut l'excellente
idée d'interroger Alain sur sa leçon d'histoire.
Il en débita le résumé d'un trait. Le maître
étonné lui donna 10 sur 10. C'était la première
fois ! Il était tellement heureux qu'il réussit son
problème et le recopia sur son cahier, en tirant

la langue, de façon parfaite. Un trait partagea une partie de la feuille et d'un côté il souligna « solution », de l'autre, « opérations ». Tous les traits de ces dernières furent tirés à la règle et même les *plus*, les *moins*, les *égale*.

Il pensa seulement dans la matinée une ou deux fois qu'il devrait fatalement revoir Vincent et peut-être lui parler.

A la cantine de midi, un petit malheur lui causa d'autres soucis. Il se coupa en voulant tailler un morceau de bois et eut un court évanouissement. On lui pansa le doigt blessé, on voulut le raccompagner chez lui, mais il dit, après s'être mordu l'intérieur des joues, que ce n'était rien et qu'il voulait rester à l'école l'après-midi pour assister à la leçon de chant.

La journée passa ainsi sans autre histoire notable et il ne se retourna pas une seule fois pour regarder la pendule.

A quatre heures, il prit le petit Capdeverre par le bras, appela Loulou et quelques autres et entreprit de leur raconter l'incident.

– Je m'suis évanoui, les gars ! On est presque mort, les gars, presque mort !...

Et d'agiter son doigt couronné d'une poupée.

– Presque mort, dis, tu blagues ?...

– Comment ça fait ?

Le petit Capdeverre se rangea de son côté :

– Oui, ma mère une fois s'est évanouie. En faisant ses ménages. On est presque mort !

Loulou reposa, sceptique, la question :

– Comment ça fait ?

Alain prit, pour gagner du temps, un air mystérieux, ne se sentant pas capable de décrire ses impressions, tout en ayant conscience de sa supériorité, il prononça :

– Eh bien ! on s'en va... dans le noir !

Il aurait aimé qu'on lui posât d'autres questions, mais nul ne le fit. Au fond, cette histoire ne les intéressait pas. Alain s'assit en tailleur contre le mur et garda le silence.

Les autres se concertaient :

– On le lui dit, on le lui dit...

L'un d'eux finit par s'approcher :

– Dis, tout-fou-dingue, tu n'connais pas l'truc ?

– L'truc, quel truc ?

– Ben, l'truc des hommes et des femmes ! et Loulou fit coulisser l'index d'une main dans l'autre refermée, avec un air canaille.

Comme il ne comprenait toujours pas, on l'initia. La conversation fut longue ; les exposés les plus variés, les plus extraordinaires se succédèrent. Chacun parla d'une découverte personnelle. Alain répondit par des oh ! des ah ! des

« c'est des bobards ! » des « c'est vrai ? » des
« sans blague ? », puis :

– Alors, le père Mallard fait ça avec la mère
Mallard ?

Et il pensa à tous les couples qu'il connaissait, aux propos tenus à la boutique. Il pénétra
dans un univers très vague, encore une fois,
dans un pays inconnu, un monde laid, horrible, empli de pièges, un monde où il ne saurait vivre. Tout à coup, une boule monta le
long de sa gorge, tandis que les autres
criaient :

– Il chiale, ma parole, il chiale. Ah, quel œuf !
Eh, la fille ! C'est vrai qu'il est dingue !

– Tout-fou-cinglé, la voiture, la voiture...

– Tout-fou-cinglé, la voiture pour Charenton !

Brusquement, on lui passa une raclée magis-
trale. Même le petit Capdeverre s'en mêla ; chacun voulait se venger de quelque chose qu'il
n'aurait su dire, peut-être de la « chose » elle-
même. Les coups partaient de bon cœur et
Alain avec son doigt blessé, trop occupé à le
protéger ne put pas se défendre.

Il rentra tout penaud, les vêtements déchirés,
sale et saignant du nez. Sa mère, de son comptoir, lui cria :

– Attends un peu !...

Dans la boutique, chacun le regarda avec mépris. La mère Étienne secoua la tête :

— Ah, vous êtes bien montée !

Le père Biscot fit quelques considérations sur l'éducation moderne.

Seule, Lucienne quitta son mêlé-cass pour le rejoindre dans sa chambre. Une assez belle fille rousse, un peu piquante, avec dans la voix tous les traîneaux de l'argot parisien. Le gosse, à plat ventre sur le lit, sanglotait. Elle s'assit près de lui, le cajola, le caressa, écarta ses cheveux, l'embrassa et il se sentit mieux. Il aimait son parfum et aussi d'être embrassé par elle. Quelles lèvres douces ! Et son cou, comme il était lisse ! Il devait y repenser souvent. L'idée ne l'effleura pas qu'elle aussi pouvait commettre l'acte qu'on lui avait révélé. Ainsi, tous ceux qu'il aimait furent protégés de cette pensée.

Lucienne mit la tête de l'enfant contre sa poitrine et le berça. Il aurait voulu dormir contre cet oreiller tendre. Il y frotta sa joue, poussa un soupir de bien-être tandis qu'elle murmurait :

— Mon p'tit homme, pleure pas, mon p'tit homme !

De nouveau, elle l'embrassa longuement sur les joues, sur le coin des lèvres, et Alain, revivant son évanouissement, retrouva la douceur de glisser dans le sommeil.

— Tu fais une partie de « tique et patte ? »
Alain fouilla dans sa poche et en tira cinq billes.

— Je n'en ai plus que cinq !
— Ça ne fait rien, dit l'autre en tapant sur une vieille chaussette qui lui servait de sac à billes, j'ai ma grappe de raisin.

Alain lança une bille qui s'immobilisa entre deux pavés. Le môme Loulou visa et jeta la sienne à sa rencontre : elle s'arrêta non loin de la première.

— Y'a patte, dit Loulou et, étirant les doigts, il entreprit de démontrer que l'espacement était valable.

Alain mesura à son tour, en écartant un peu moins les doigts, mais convint :

— C'est juste, tu peux rejouer !
Loulou rejoua et « tiqua », gagnant ainsi la bille.

Alain n'eut successivement que quatre, trois, deux, puis une bille. Il en regagna cinq, en reperdit deux, en regagna de nouveau trois. Mais le jeu le passionnait moins ; il regardait en bas de la rue monter un homme redouté, au visage noir, balançant d'une main son chapeau et tapant de l'autre sur sa cuisse avec un journal roulé. Loulou suivit le regard d'Alain.

— Tiens, mais c'est ton vieux ! dit-il.

Alain se retourna vers son camarade accroupi, occupé à viser et brusquement fondit sur lui, l'attrapa par les cheveux et le tirant en arrière, compléta son geste par un coup de pied dans les reins.

Loulou hurla :

— J'vais le dire à mon père !

— Vas-y donc, cafard ! répondit Alain.

Puis il descendit la rue à toute allure, se laissant emporter par la pente, les bras écartés comme pour recevoir en plein corps tout l'air frais du soir.

Il erra dans les rues, s'arrêtant aux marchands de glaces pour jeter un regard gourmand. L'envie le prit de tirer une sonnette, mais seul, ce n'était pas amusant. Il s'arrêta à une fontaine Wallace, se haussa sur la pointe des pieds et rinça la timbale qui pendait au bout d'une chaîne. Il but en trempant ses deux lèvres à la fois dans le liquide, de façon que sa bouche ne touchât pas le bord du récipient, comme La Cuistance le lui avait indiqué, parce que plus « hygiénique ». Ensuite, il fit couler de l'eau sur ses doigts, les secoua et s'essuya la bouche. Sa main droite se balança dans l'air, ce qui voulait dire :

— Qu'est-ce que je vais prendre si je tarde encore à rentrer !...

Mais il ne tenait pas à rejoindre la boutique si vite. Il lui faudrait affronter le regard de Vincent. Vers huit heures, pourtant, il se décida et remonta la rue de plus en plus lentement. Il vit sa mère se pencher à la porte et lui crier en secouant sa main à hauteur de la joue :

— Si tu n'es pas rentré dans deux minutes...

Alain comprit que ce n'était pas très grave. Deux minutes, c'est-à-dire 120 secondes ! Il compta donc jusqu'à 120, décidé à ne pas rentrer avant au moins 119.

La mère Étienne était au comptoir et jouait au zanzi avec « Gastounet ». C'était son vieux, celui qui venait se faire « dorloter » chaque semaine 24 heures. Il ressemblait au président Doumergue, d'où son surnom. Le type parfait du petit vieux bien propre. Laid dans sa jeunesse, l'apparition d'une superbe barbe blanche avait caché les défauts de son visage et lui conférait un aspect respectable. « Si j'avais eu ma barbe plus tôt ! » songeait-il parfois en soupirant.

La mère Étienne avait peu à faire pour le contenter : l'embrasser sur les yeux, lui caresser la tête, de temps en temps le serrer sur son sein en l'appelant « mon p'tit gosse », ajouter même :

— Ah, tu en feras des malheureuses !

Cela suffisait à le satisfaire et à ce qu'en partant, le dimanche soir, il laissât, sous une pile de draps, la somme nécessaire pour que la mère Étienne subsistât toute la semaine sans travailler.

Le vieux n'aimait pas les enfants, et en particulier pas Alain. Il avait vu sa maternelle maîtresse embrasser l'enfant et cela avait suffi pour faire naître une jalousie tenace. Peut-être eût-il même préféré qu'elle le trompât avec un homme d'âge mûr et véritablement.

La mère Étienne avait raconté la scène aux habitués et quand Alain pénétra dans la boutique, il y eut des regards malicieux qui intriguèrent l'enfant.

Il ne vit pas Vincent et fut rassuré. Sans doute était-il dans l'arrière-boutique. Pour gagner du temps, il embrassa sa mère qui lui jeta un regard soupçonneux, serra les mains des clients et comme pour entamer une longue conversation, jeta :

— Fait pas chaud, ce soir !...

La mère Étienne toussa, mais personne ne répondit.

Le gosse tira un verre d'eau et le vida dans un autre.

— Va-t'en à la cuisine, dit la mère en lui arrachant le verre des mains.

Alain serra les lèvres et plongea dans l'arrière-boutique, décidé à ne rien voir, à ne rien entendre.

En effet, il fut en cela comblé que Vincent avait disparu. Il ne restait de lui qu'une odeur de cigare froid et un verre à demi plein de ce vin d'Algérie qu'il affectionnait.

Alain soupira, se dirigea vers le poste de T.S.F., tourna le bouton et changea de poste jusqu'à ce qu'il eût entendu un peu toutes les langues. L'appareil, mal réglé, siffla ; il le fit taire et l'imita en sifflant lui-même, ce qui le fit rire tout seul.

Sur la table reposait l'agenda où sa mère inscrivait le soir ses recettes. Il le feuilleta et épuisa le plaisir que pouvaient lui offrir les réclames en haut de chaque page du livre « offert gracieusement par les vins du Postillon ».

Un doigt dans le nez, il alla s'asseoir à la boutique, dans son coin habituel, où on l'oubliait volontiers, sur un sac de légumes secs.

Au comptoir, deux hommes parlaient de la guerre. Chacun n'écoutait que lui-même et, pendant que l'autre parlait, préparait ce qu'il allait dire à son tour.

La mère, les coudes sur le zinc, balançait la tête d'un air faussement attentif. Elle ne retenait qu'une mauvaise musique, brisée par des chiffres et des mots barbares : 18$^e$ d'artillerie, 39$^e$ D.I.A., 7$^e$ zouave, auxquels feu son mari l'avait habituée.

Alain la regarda et, avant qu'elle ne sortît de la petite prison dans laquelle l'enfermait son rôle d'auditrice, alla chercher dans sa chambrette son livre de géographie, pour se donner une contenance et pour ne pas entendre le « va apprendre tes leçons » habituel.

Il serait tranquille pour une bonne heure et peut-être saurait des nouvelles du noir quand la mère Étienne entrerait.

En fait, il s'assoupit un peu et quand il s'éveilla, la mère Étienne parlait à sa mère :

– Ils n'aiment pas qu'on dise des « nègres ». Il faut dire « hommes de couleur », ils sont très susceptibles là-dessus ! Alors, comme ça, il est parti à Vichy ? Et pour un mois encore ! En tournée... Oh, je connais bien Vichy. J'ai eu un cousin à Cusset, c'est tout près.

La mère hochait la tête :

– Un mois, c'est long !

Mais madame Étienne poursuivait :

— De grands cafés, comme sur les boulevards !
C'est là qu'il jouera sans doute ? Oh, il ne va pas
boire de l'eau, allez ! D'ailleurs, à Vichy, on boit
beaucoup d'alcool. Les industriels de Moulins,
Roanne, Lyon, Clermont viennent y faire la
bringue. La flotte, c'est un prétexte ! Tiens, j'vas
boire un blanc-Vichy pour la peine !

Elle rit de sa bonne plaisanterie.

Alain bénit le ciel de s'être éveillé à temps
pour apprendre la nouvelle. Un mois sans voir
Vincent, cela ne pouvait mieux tomber. Inutile
de jouer encore la comédie. Il se leva et se diri-
geant vers la cuisine chanta à tue-tête :

*Voilà les gars de la marine...*

Sa mère, regardant dans sa direction, fit tourner dans les deux sens son index contre sa
tempe.

Mais Alain riait de bon cœur. Encore une
qui me croit fou !

Il riait si bien qu'au comptoir les habitués
finirent par l'imiter. La mère suivit et lui cria :

— Fais-toi une bonne tartine de confiture, ça
te calmera !

Alain se sentait de taille à finir tout le pot.

LE dimanche matin, il ressentit la nécessité d'être propre et, partie par partie, se lava dans la petite cuvette en pensant qu'à la piscine ce serait plus facile.

Son cousin l'y avait emmené une fois avec tous ses camarades : « Le rouquin » (on disait le routin, parce qu'un tic lui faisait transformer le son « que » en « te »), « Amar le mulâtre » et « la p'tite blonde », une fille assez commode et qui servait plus ou moins à chacun. Ils appelaient Alain « la p'tite tête ».

— Eh, viens, la p'tite tête !

— Essaie de faire la planche ou j'te fais boire la tasse, la p'tite tête !

Le gosse secouait ses cheveux mouillés et riait. Il se croyait coupable parce qu'il faisait pipi dans le bain, mais personne ne pouvait le voir.

Sa mère posa sur la chaise sa culotte de costume marin et un pull-over bleu. Une chemise, un slip « petit bateau », des sandales suivirent.

— Et habille-toi bien, pour une fois, fais-moi honneur !

— T'en fais pas m'man, tu vas avoir un chouette gars !

Il mit ses sandales avant sa culotte et eut du mal à enfiler cette dernière :

— Quel truc à la manque !

Une raie très basse partagea ses cheveux, les grosses mèches du devant tombèrent un peu sur l'œil, il les remonta de la main et les cala avec sa paume mouillée. Il ne connaissait pas l'usage de la brosse à dents, mais ses quenottes étincelaient de blancheur.

Il avala un immense café au lait après y avoir trempé deux petits pains beurrés.

Un rai de soleil traversa la boutique et vint jouer sur la vitre de la porte de séparation.

— M'man, fait soleil !

— Tu vois bien ! dit la mère, va jouer, et ne te salis pas !

Alain sortit en sifflotant. La Savoyarde résonna. Les femmes remontaient la rue avec de lourds filets chargés des provisions du dimanche. Quelques enfants se tenaient non loin des entrées d'immeubles, fixant leurs souliers vernis. Les petites filles se regardaient en dessous. Le grand Anatole astiquait son vélo, retourné devant sa porte. Alain s'arrêta un instant, puis comme un jet d'huile s'écrasait à ses pieds, recula et alla un peu plus loin. La fille du proprio, une « grande bique », entra chez elle, un missel sous le bras.

Alain les regarda tous et fit pour lui seul les réflexions les plus inattendues. Il se sentit plein d'amour pour eux. Même la grande bique était amusante, avec son bouquin sous le bras et ses bas blancs.

Le concierge du 73 qui faisait ça « à l'artiste » peignait derrière sa croisée pour la dixième fois l'immeuble d'en face, avec la plus grande précision. Il s'énervait et, quand le soleil jouait sur une vitre, il grognait comme un maître avec son modèle, peu patient. Une odeur de fricot et de peinture à l'huile bizarrement mélangés chatouilla les narines d'Alain.

— Ça « coince » là-dedans, cria-t-il.

Puis il descendit en direction du boulevard vers le cinéma qui riait de toutes ses lèvres peintes. Les grilles étaient tirées. En se penchant, on distinguait la salle où des femmes balayaient.

— Elles doivent en trouver des trucs !

Sur les affiches, deux êtres échangeaient un baiser hollywoodien. De la femme, on distinguait surtout un coin de bouche, des cheveux fauves et des cuisses interminables. L'enfant fit une moue de dédain :

— Encore un film d'amour !

Il fit cette réflexion tout haut et une jeune fille qui passait sourit d'un air supérieur. Alain la regarda, la pesa, et dit en rougissant un peu :

— Pas mal, pas mal !... puis il s'en alla bien vite, comme après une corvée, mais se trouva satisfait d'avoir prononcé ces paroles.

Alain désirait vivre et participer à tout. Il fit même semblant de lire une affiche administrative et de s'en aller en réfléchissant.

Il connaissait ce plaisir que recherchent souvent les grands : flâner et découvrir. La vie coulait en lui et remplaçait tous les faux aspects extérieurs de la turbulence. Plus son corps semblait calme, plus ses yeux brillaient, soulignaient son intelligence et reflétaient qu'une vie intérieure commençait à naître : le petit homme grandissait.

Il suffisait ainsi d'un peu de soleil pour que disparussent tous les soucis et que chacun d'eux se cachât derrière tant de clarté.

Il regarda l'arbre jaillissant de sa grille au milieu du trottoir, le réverbère noir et taché de craie. Il n'aurait fait aucune différence entre le travail de l'homme et celui de la nature, trouvant tout autant de vie en haut de ces mâts, l'un porteur de feuilles, l'autre porteur chaque soir de sa lumière jaune.

Il entendit l'aveugle frapper de façon régulière le bord du trottoir de sa canne blanche ; il se retourna pour lui demander :

— Voulez-vous que je vous aide à traverser ?

— Hein ? fit l'aveugle.

— C'est pour vous aider à traverser !

— Pourquoi veux-tu que je traverse ?

Et l'aveugle tourna au coin de la rue.

Le gosse fut d'abord stupéfait et se demanda pourquoi il lui avait proposé de traverser. C'est vrai, après tout, un aveugle ne traverse pas chaque fois qu'il rencontre une rue !

Il aimait les aveugles, les plaignait et son geste avait été spontané. Combien de fois lui-même, fermant ses petits yeux, avait été « l'Aveugle » et avait marché en tenant le mur et s'efforçant de ne pas « voir » avant qu'il y fût vraiment obligé. Une fois, comme il avait essayé devant son cousin, ce dernier lui avait dit :

— C'est moche de se moquer des aveugles !

Alain soulevé d'indignation avait arrondi sa bouche sur un « oh ! », suivi d'un « celle-là alors ! »... et n'avait pu se justifier.

Quand il aperçut les aiguilles de la pendule du pâtissier prêtes à se superposer sur midi, il songea qu'il était temps de rentrer ; il le fit en sifflotant l'air *Dans la vie faut pas s'en faire...*

Dans la rue, on entendait la radio par toutes les fenêtres. L'enfant prêtait son oreille à ces multiples bouches et de l'une à l'autre retrouvait les mêmes mots.

Il fit une entrée très digne dans la boutique et poliment souhaita le bonjour à la mère Étienne et au Gastounet. La première lui répondit par un vague bonjour, le second par un net grognement.

— B'jour m'man. Je ne suis pas en retard ?

La mère répondit :

— Pour une fois ! Va donc mettre le couvert...

Alain se moucha et rejoignit l'arrière-boutique, décidé à dresser une belle table, à bien aligner assiettes, verres et couverts, pour que tout demeurât digne du beau dimanche.

La mère Étienne, que Vichy excitait, demanda des détails, que la bistrote donna de son mieux, assez fière d'être le centre de la conversation.

— Oui, ils ont eu un contrat de la dernière minute. L'orchestre qui devait jouer a eu un accident de car. Comme quoi le malheur des uns...

— ... Fait le bonheur des autres ! termina la mère Étienne.

— Oh ! ça ne l'emballait pas, de me quitter, mais depuis que les Cuban-Boys végètent ! Vous pensez... après une tournée pareille, on peut rester longtemps sans travailler !

— Il ne s'en fera pas faute, dit Gastounet, qui n'aimait pas les étrangers.

La femme « encaissa » en commerçante, sourit et continua :

— Il est arrivé à six heures pour m'annoncer son départ. Je l'ai fait manger en vitesse. Il a regardé un peu vers la rue comme s'il voulait voir quelqu'un, peut-être Alain, et il est parti en courant. Ah, il a de bonnes jambes !

— Vichy, ça bouge, dit Gastounet. Quels magasins, quelles boîtes ! Du luxe partout ! Mieux que Paris. Oui, je vous le dis, mieux que Paris. Plus petit, mais mieux que Paris. Et... (il cligna de l'œil) de la toilette !...

L'épicière s'empressa de saisir une bouteille et précipitamment :

— Celle-ci est ma tournée !

Poliment, Gastounet leva la bouteille avec deux doigts. La mère Étienne laissa faire.

Gastounet ne remarqua rien mais l'énorme mère Étienne, qui avait quand même gardé son intuition féminine, vit bien que le rappel des toilettes déplaisait à son amie. Les toilettes sont faites pour plaire et portées par qui veut plaire, et ma foi, Vincent... Un mois, c'est long !

Elle eut envie d'appuyer un peu, non pas par méchanceté, mais pour voir :

— Et vous, il n'est pas trop jaloux de vous laisser seule ?

C'était dit gentiment, et la pointe cachée ne se montra pas. La femme répondit, habilement peut-être :

— Vous savez, moi...

Et de montrer d'un geste vague de la main la porte de l'arrière-boutique où Alain apparaissait de temps en temps.

Enfin, Gastounet leva le siège et la mère Étienne, après avoir vidé son verre, gloussa :

— On va faire les amoureux, au revoir !

— Bonne chance ! dit la femme qui savait un peu à quoi s'en tenir... Bon voyage !!... Et que le Bon Dieu vous accompagne ! ajouta-t-elle, quand la porte se fut refermée sur eux.

Alain attendait sagement, assis devant la table, les mains sur les genoux comme un pianiste au repos. Le pain était coupé, le couvert bien mis, elle eut une moue d'approbation et, maternelle, l'embrassa :

— Tu es sage, je t'aime bien quand tu es comme cela.

L'enfant sentit qu'il fallait demeurer ainsi et que ce compliment montrait qu'elle n'avait pas oublié certaine soirée.

— Si tu veux, après manger, je te réciterai mes leçons.

— Tu as fait une bêtise, toi ! dit la mère en riant, tu es trop sage.

— Non, non m'man, mais c'est dimanche...

Il se mordit la lèvre, conscient d'avoir gaffé. Il ajouta :

— Mais je serai sage aussi la semaine.

— A la bonne heure !

La mère servit le potage de midi. Elle n'en versa qu'une demi-louche dans l'assiette d'Alain. Il fit courir sa cuiller à la surface du potage et se rappela soudain qu'il imitait Vincent dans sa façon de manger. La mère s'en aperçut aussi et se mit à rêver.

Alain la regardait en dessous et plus le repas avançait, plus quelque chose d'étranger les séparait. L'enfant n'eut plus envie de parler ; toute sa belle ardeur le quittait. Il dit seulement :

— J'irai peut-être au cinéma ?

— Oui, puisque tu es sage !

En réalité, elle avait hâte d'être seule pour aller dans un coin, s'enfermer comme une toute jeune fille avec son amour et ses pensées. Le repas fut rapide.

L'enfant mangea de la crème fraîche avec délices, puis à la hâte une cuillerée de sucre semoule qui lui assécha la bouche. Il but de la limonade avec du vin, fit claquer sa langue.

Sa mère ne le sermonna pas. Elle se dirigea vers le tiroir-caisse qui fit tinter quelques notes.

« Y'a bon !... » pensa Alain.

Elle revint avec un billet qu'elle posa près de son assiette :

— Avec la monnaie tu achèteras une pochette-surprise.

— J'aime mieux un esquimau !

— Prends ce que tu veux, mais sois sage !

L'enfant rougit de plaisir et l'embrassa. Le mot « sage » revenait comme un leitmotiv. Faire une seule chose : être sage. « Si ce n'est que ça », pensa Alain.

La mère fut traversée d'une inspiration subite :

— D'ailleurs, si tu continues à être bien sage, pour me faire oublier bien des choses...

— ... Oui, m'man ?

— Laisse-moi continuer : si tu es bien sage, tu iras à la campagne cet été.

— Oh, m'man... vrai ?

— Oui, mais si tu es sage !

— Comme une image, répondit Alain.

Sa poitrine se gonfla un peu. Il pensa aborder

enfin l'inconnu, le conquérir, en offrir les mer-
veilles à ses amis ; il eut un peu peur aussi puis
se sentit en sécurité au sein de tout l'amour que
lui offrait sa mère en quelques mots.

Sa poitrine se gonfla encore, comme s'il allait
pleurer, mais au contraire, il éclata de rire et
heureux, heureux comme nul n'aurait pu l'être,
embrassa encore sa mère avant de partir.

Elle l'accompagna jusqu'à la porte et, du
regard, le suivit jusqu'au bas de la rue.

L'enfant dansait en marchant.


Soudain très lasse, la mère d'Alain n'eut pas
le courage de laver sa vaisselle et alla s'allonger
sur son lit. Ainsi, chaque semaine s'écoulait et
chaque dimanche à la même heure, elle s'abandonnait, brisée, et redevenait vieille pour quelques heures.

Demain, de nouveau, il lui faudrait faire
appel à ses nerfs et vivre sur eux. Mais cette
fois, Vincent étant absent, elle songea à aban-
donner la lutte, à laisser les traits de son visage
au repos, à rester sans fards, sans rimmel, à
respirer de tous ses pores.

Elle pensa qu'elle n'avait pas du tout envie
de lui à ce moment, mais que dans un mois elle

le désirerait de nouveau et aurait envie de caresser ces cheveux crépus, cette fine oreille noire.

Elle entendit une pluie fine tomber et une larme apparut au coin de son œil. Elle prit vraiment conscience alors de sa fatigue, de son affaiblissement. C'est elle surtout qui aurait besoin de campagne, plus que son fils.

Elle sourit, comme chaque fois qu'elle pensait à lui, puis s'aperçut que la promesse faite et que l'enfant avait accueillie avec tant de joie n'était autre que la menace à laquelle elle avait pensé précédemment.

– Attends un peu, tu ne sais pas ce qui t'attend, toi !... Elle avait voulu dire :

– ... Je t'enverrai au diable, au fond de quelque campagne, et je serai tranquille !

Là, elle avait promis des vacances. Rien ne comptait que la façon de présenter les choses.

Elle pensa au vin ordinaire transvasé dans les bouteilles de Bordeaux « appellation contrôlée ».

L'essentiel : faire partir l'enfant quelques semaines et, du même coup, un peu de sa fatigue. Elle pourrait alors sortir le soir, ce qui ne la fatiguait jamais, mais lui donnait plutôt, par miracle, de nouvelles forces. Sa main passa sur son visage, pinça sa joue, elle était molle et sans résistance, comme vidée de sa substance. Elle soupira. Ces chairs avaient été fermes, rebondies, tentantes. Elle pensa à Vincent, à ses cuisses dures, elle frissonna.

Ses pieds lui faisaient mal, même dans les pantoufles. De la pointe du pied, elle fit sauter les talons, il lui sembla que tout son être respirait mieux.

La pluie persistait à tomber, toujours la même pluie, celle de la fatigue et du cafard.

Elle ne dormirait pas, mais resterait le plus longtemps possible ainsi, s'efforçant de ne pas penser, et surtout pas à Vincent, l'objet de toutes ses luttes. N'y pas penser pendant trois semaines, et la quatrième, préparer son retour, se préparer à son retour.

Le meilleur de ses forces pouvait venir d'un coiffeur, d'une crème de beauté, d'un parfum, par exemple un parfum un peu piquant, légèrement poivré...

La fenêtre était entrouverte ; elle ressentit le froid, mais ne voulut pas bouger. Rien ne pouvait l'atteindre : elle gisait, s'abandonnait.

L E médecin ramena le drap sur elle. Il rangea ensuite sa trousse, lui tapota les joues :
– Retour d'âge... dit-il.

Alain ne dit rien, mais s'interrogea sur cette formule bizarre « retour d'âge ». Un âge qui revient ? Il pensa avoir mal compris, c'était « retournage ». Sa mère était toute retournée.

Il avait délaissé l'école pour la soigner. Il avait été porter l'ordonnance au pharmacien et plus tard était revenu chargé de petits flacons bizarrement chapeautés de papier plissé et de boîtes non moins mystérieuses.

A son retour, sa mère avait déliré :
– C'est fini, fini, il ne reviendra plus...

Elle appela même :
– Vincent, Vincent !... Reviens.

Et comme elle pleurait, l'enfant eut peur et la prit dans ses bras, mêlant ses larmes aux siennes.

— Si, m'man, tu verras, il reviendra.

Il l'aurait presque souhaité ! Il essuya le front couvert de sueur, posa dessus un gant de toilette mouillé. Sa mère se calma, s'endormit et lui demeura seul à son chevet, sans oser bouger, la regardant, lié à elle par une sorte de peur indicible.

La plus mauvaise période passée, la femme resta au lit, épuisée, adressant seulement un sourire reconnaissant à qui la visitait. Elle dit même au gosse en pleurant :

— Mon pauvre petit, comment vis-tu ? que vas-tu manger ?

L'enfant pensa au cassoulet, au cassoulet éternel et quotidien, et ne comprit pas qu'elle posât semblable question. Quelque chose était-il changé ? Malade ou non, c'était pareil : cassoulet, cassoulet...

Il servait les clients. Quand il ne connaissait pas les prix, les clients les indiquaient eux-mêmes. Ils n'auraient pas volé un seul centime. Pourtant, il y avait de « drôles de loustics », mais non ! aucun n'aurait porté tort à la petite épicière veuve-avec-un-enfant. Ce dernier astiquait le zinc du comptoir à la pâte à sabre, les balances au Miror. Tout étincelait, tout était en ordre. Il s'abstint de voler des bonbons et aucun camarade ne put le corrompre. Il jouait au zanzi avec

les clients et ne se laissait pas faire. Il but même
– par obligation professionnelle – quelques apéritifs.

– Des « apéritives », disait La Cuistance,
venue pour aider au ménage.

La femme lui prépara de petits plats.

Elle lui apporta aussi quelques almanachs
emplis de jeux merveilleux et d'oracles qu'il
consultait avec la pointe d'une épingle chaque
soir avant de s'endormir épuisé. Comme elle ne
voulait pas être payée, la mère lui offrait des
cadeaux. Alain allait souvent lui acheter des
sachets de tabac à priser.

– Un cornet de prise !

– C'est pas pour toi au moins, la jeune
France ?

Alain riait :

– Atchoum ! Ah non merci...

D'être libre lui faisait oublier parfois qu'il le
devait à la maladie maternelle. La situation lui
paraissait aussi délicieuse que triste. L'idéal
serait que sa maman guérisse et qu'il n'aille pas
à l'école. Lucienne, quand elle venait, l'appelait
« mon petit amoureux ». Ça l'agaçait un peu.
Il ne savait pas s'il l'aimait ou la détestait. Il
s'interrogea encore une fois sur ce sujet grave
et ne trouva aucune réponse. Cela le tourmenta : s'il ne savait pas ce qu'il pensait, c'est

qu'il était fou. Les autres auraient-ils raison avec leurs « tout-fou-dingue » ? Il ne voulut pas s'arrêter à cette idée.

Il caressa Chouquette, la petite chienne ratière et pensa à la chienne précédente qui, elle, s'appelait Riquette. Elle était partie effrayée par le bruit, un 14 Juillet où les copains faisaient éclater des pétards. On ne l'avait jamais revue. Alain pensait souvent à elle. Vivait-elle encore ? Peut-être avait-elle un autre maître ? Il l'imagina chienne de luxe, portant un petit manteau, bien propre, coquette, un peu fière. Et si elle revenait et trouvait sa place prise par Chouquette, comment prendrait-elle la chose ?

Il revit une soirée d'il y a longtemps, longtemps, de quand il était tout petit. Son père vivait encore. Ce père représentait par sa puissance quelque Jupiter lançant la foudre. Une fois, n'arrivant pas à couper la viande, trop dure, il avait crié :

— Hue dada, hue dada, hue ! et avait jeté tout le rôti dans le panier de Riquette, effrayée et gourmande.

Alain avait trouvé la chose très drôle, mais sa mère avait pleuré et son père semblé tout honteux. Il avait bu de grands verres de vin, cependant que la femme suppliait :

— Non, Pierre, tu sais que ça te fait mal !

— Mes blessures aussi me font mal. J'ai fait la guerre et on me donne du cheval !

Il avait rugi à nouveau :

— Hue dada, hue dada, hue ! et sa fureur avait fait trembler Alain, avait calmé son envie de rire. Les scènes tragi-comiques s'étaient renouvelées souvent. C'était vieux déjà ! L'enfant soupira : Chouquette, elle, n'avait pas connu tout ça !

La santé de sa mère alla s'améliorant. Le pâle soleil des ruelles montmartroises revint avec l'avril. Un peu de joie faisait briller les yeux de la convalescente quand on lui remettait une carte gribouillée de quelques mots hâtifs, venue de Vichy. Le contrat de Vincent avait été prolongé d'un mois. Elle ne le regrettait pas. Elle aurait donné tout au monde pour qu'il ne la vît pas alitée, fatiguée, inférieure.

Alain fut loué d'avoir si bien traversé cette épreuve. Il ne retournerait à l'école qu'à la rentrée d'octobre et continuerait jusque-là d'aider sa mère à tenir son commerce. L'enfant connut le vrai bonheur. Il était seul avec sa mère et celle-ci, devenue très affectueuse, le bourrait de bonbons et de chocolat. Elle lui permit même d'aller seul au cirque, ce qui éveilla en lui le secret désir de devenir dompteur. Il voyait moins ses camarades, ayant décidé de s'enfermer dans son silence, dans sa vie sérieuse (presque de « grand ») pour qu'on oublie de l'appeler « tout fou ». Pourtant, il n'osait s'avouer qu'il désirait aller jouer. D'autant que les autres, à l'occasion, lui soufflaient des nouvelles merveilleuses :

— Rue Lambert, on a descendu une chauve-souris au lance-piges !

— Le père Bibiche a coupé sa barbe !

— J'ai gagné cent billes à Ramélie...

— Dimanche, c'est la fête des Poulbots, on va nous r'filer des galures en papelard.

— J'ai une poule, elle a neuf ans !

— Dis, pourquoi tu t'amènes pas ?

Alain rétorquait, très digne :

— Et le boulot ! C'est vous qui le ferez ?

Embarrassé d'un tablier bleu qui lui cachait les jambes, il se sentait le maître du monde. Secrètement, les autres le considéraient.

Un jeudi, la bande envahit la boutique :

— Deux caramels !

— Des roudoudous !

— Une bouchée au nougat, deux sucettes, une pâte à claquer !

Alain n'en finissait pas de les servir et tous sortaient de l'argent de leurs poches. Quelle histoire ! Il n'en revenait pas.

– Tout ça d'argent ! Qu'est-ce qui se passe ? Vous avez fait un mauvais coup, les gars ?

La marmaille clignait des yeux :

– On s'débrouille !

– Du bizenesse... et qui rapporte !

Les gosses aiment le mystère. L'un d'eux se décida pourtant :

– Si tu veux, viens avec nous. T'en gagneras aussi ! Nous, on fait d'la politique !

Alain entendait souvent parler de politique. Le père Biscot nommait souvent Léon Blum.

– Hein ? t'es baba... Viens avec nous ce soir, on t'expliquera l'turbin. Viens à six heures.

Par prudence Alain rangea les bocaux et ferma la vitrine. Il se précipita dans l'arrière-boutique et revint.

– D'accord les gars, v'nez me prendre, je marche !...

– On te f'ra signe. File-moi une bouchée, dis ?

Là, Alain ne « marcha » pas et poussa les copains dans la rue.

Il soupira d'étonnement, remua la tête :

– Ça alors !

A six heures La Cuistance le remplaça derrière le comptoir. Il embrassa sa mère et rejoignit ses amis, dont les nez s'écrasaient déjà à la vitrine.

En bas, rue Custine, un homme leur fit signe et les entraîna dans un couloir. D'un sac tyrolien, il sortit de petites piles de papier imprimé et en remit une à chacun. Il montra du doigt les quatre points cardinaux, leur glissa une pièce et les lança dans un quartier désigné :

— Alors, vous avez compris ! deux ou trois dans chaque couloir — pas plus — et en vitesse !

Comme les autres, Alain toucha sa pièce. L'homme lui dit :

— Toi, tu feras la rue Caulaincourt.

Il le poussa, puis s'éloigna en jetant autour de lui des regards soupçonneux.

Consciencieusement, le petit commissionnaire commença sa tournée. Au début, il en déposa trois, puis quatre, puis six, dans chaque couloir, pour que la distribution fût plus rapide. Vers 6 heures et demie, le jeu commença à devenir lassant et il devait rentrer. Il regarda les cinquante feuillets qui restaient, en glissa un dans sa poche pour le lire et vite entra dans un couloir pour déposer tout le reste.

Comme il allait sortir, une main solide lui immobilisa le bras : c'était le concierge. Ce dernier rajusta son calot bleu horizon, souvenir de 14, et avant que l'enfant ait eu le temps de réaliser la situation, il avait reçu une raclée, accompagnée de paroles énergiques :

— Ah, c'est toi, l'fils de salaud qui met ces saletés dans le couloir ? Petit boche, petit

« fachiste », tiens ! (Une paire de gifles.) Ça t'apprendra. La prochaine fois, j'appelle les agents. Dégoûtant, va...

La fin de la phrase fut ponctuée par un vigoureux coup de pied. Le gosse courut en pleurant jusqu'à ce que, essoufflé, il s'assît sur un banc de l'avenue. Il pleura longtemps, pensa qu'en effet il était un bien grand misérable, mais ne put encore une fois savoir exactement pourquoi.

Il sortit le tract resté dans sa poche, le lut ou plutôt essaya de le lire, mais ne comprit pas le sens des mots barbares : ploutocratie, autarchie, etc. Il le déchira en petits morceaux, se leva tristement, acheta une glace pour se débarrasser de l'argent du crime, marcha...

Une fois de plus, l'événement lui confirma qu'il ne devait pas se mêler des histoires des grands. Il valait mieux rentrer, aider sa maman, verser des apéritifs. Il alla lentement, faisant un circuit pour ne pas passer sur les lieux de ses exploits, tout en maugréant, mi-reniflant, mi-pleurant :

— Ah, ils ne m'auront plus avec leur politique ! Ah, ils ne m'auront plus...

Cette petite mésaventure lui apprit à se méfier des hommes et lui montra aussi que tout ne devait pas aller droit dans cet autre monde auquel il aspirait, où il aurait sa place un jour.

Lui possédait ses refuges, pouvait se cacher contre sa mère et la serrer très très fort. Il ne jugea pas bon de lui parler de ses désagréments. Aux camarades non plus, il ne dit rien, gardant pour lui ce secret, l'isolant avec beaucoup d'autres et ne se doutant nullement que chaque fait enfoui, chaque pensée secrète, le ramenait un peu plus en lui-même et lui conférait ce qu'il est convenu d'appeler une personnalité.

Chaque matin offrait ses sortilèges. La voiture du laitier cahotant sur les pavés bruissait de toutes ses cruches entrechoquées. Il passait très tôt. Le soir, on marquait à la craie, sur le volet de bois, le nombre de bidons nécessaires pour le lendemain. Plusieurs fois, des mauvais plaisants avaient changé le chiffre, mais dans des proportions tellement considérables que le livreur n'avait pas été dupe.

L'enfant se révoltait.

— Si je le tenais, celui-là !

Il mesurait combien cette plaisanterie gratuite était odieuse. Si lui-même l'avait faite, il serait venu ensuite dire :

— Vous avez vu, la farce du lait ? Eh bien, c'était moi, je vous ai eus, hein ?

On le disputerait, on le battrait peut-être, ou bien on rirait, mais la chose serait dite.

Ainsi, il lui était arrivé de commettre un ou deux gros mensonges mais à peine les avait-il proférés qu'il se mordait la lèvre et murmurait :

– Oh, je viens de dire un mensonge !

– Ça ne m'étonne pas, ton père était le plus grand menteur du monde !

– C'est pas vrai !

Sa mère rectifiait :

– Ce n'était pas des mensonges bien méchants ; par exemple, il affirmait avoir grossi de 15 kilos et, la semaine suivante, avoir maigri de 25, mais il croyait ses mensonges, c'est moins grave.

L'enfant cherchait s'il lui était arrivé de croire à l'un de ses mensonges, mais la question restait sans réponse.

Aux bruits du laitier succédait la voix du marchand d'habits :

– ... Bits, chiffons, ferrailles à vendre !

Au coin de la rue, il y avait une boucherie juive.

– Pourquoi qu'on n'va pas chez Ramélie acheter la viande ? disait l'enfant.

– Parce que c'est une boucherie juive.

On avait appris à Alain que la viande ne s'y préparait pas de la même façon que dans les

73

autres boucheries. Il jetait depuis un coup d'œil à l'intérieur en passant, mais ne s'attardait jamais devant cet endroit redouté.

Autre être merveilleux, le vitrier italien passait en lançant son cri, avec des roulades de gorge :

— Oooooh, vitrrrrier !

Parfois, quelque gamin répondait en écho :

— Ooooh vitrrrrier !...

L'homme ne se retournait même pas et transportait sur son dos ses murailles de verre où la lumière se jouait, donnant à son corps des proportions fantastiques.

Les enfants l'accompagnaient volontiers, parce que, parfois, il leur jetait une grosse boule de mastic avec laquelle ils sculptaient de petits monstres aux membres d'allumettes, des serpents et des galettes quadrillées ensuite avec une épingle.

Madame Papa minaudait, précieuse, à tous les étalages. Alain avait cru longtemps qu'on la désignait d'un surnom, mais Papa était le diminutif de son vrai nom Papadéopoulos. C'était une Grecque. Un jour, elle avait emmené Alain dîner chez elle. On y mangeait du riz et des boulettes de viande en brochette. Elle appelait cela du chiche-kébab. L'enfant n'arrivait pas à retenir ce nom : chiche-kébab. Il essayait de le répéter en riant. Il lui avait avoué qu'il n'aimait pas ça et depuis, chaque fois qu'elle le voyait, elle remontait une épaule d'un air méprisant. L'enfant n'y prenait pas garde.

Sa mère lui avait dit :

— Tout ça ne vaut pas la cuisine française !...

Alain avait soupiré en regardant les boîtes de cassoulet.

Le fils du boulanger n'en finissait pas de graver sur tous les murs ses initiales de la pointe du couteau, en les entourant d'un cadre parfait. Les enfants attendaient qu'il eût le dos tourné pour saboter son travail et transformer les lettres. Le lendemain il constatait tristement et recherchait un autre mur plus caché, plus secret, que nul ne pourrait atteindre pour graver de nouvelles initiales.

L'enchantement quotidien continuait de se dérouler et l'enfant blond aux yeux verts passait à travers tout à cloche-pied au pas de ses marelles ; ses yeux brillaient comme un miroir, s'agrandissaient, passaient par toutes les nuances et recevaient le monde. Aucune image ne le quittait jamais et il suffisait qu'il fermât les yeux pour que chacune revive et danse. Nul en le voyant n'aurait pu imaginer qu'un aussi petit être fût tellement habité et cela personne ne le saurait jamais, il ne saurait l'exprimer. Cela, c'était lui, ce qui le séparait de tous les autres, et faisait de l'enfant blond, Alain, né à Paris et non à Rome, fils de l'épicière et non du boucher, 22$^e$ de sa classe et non 1$^{er}$ ni 42$^e$, Alain, seul, unique, merveilleux.

Enfin, sa mère se leva, et sa première préoccupation fut, non pas de jeter un coup d'œil à son magasin, mais plutôt de regarder l'image que le miroir lui renvoyait. Sa déception ne fut pas trop grande. Elle avait maigri et son teint était pâle. Si certaines rides étaient accusées, elle s'était débarrassée d'une vilaine couperose qui lui abîmait le haut des joues. De plus, ses yeux brillaient d'un feu extraordinaire. Elle but un grand verre de quinquina et comme son amie, madame Étienne, lui demandait de ses nouvelles, elle lui jeta en riant :

— Dans huit jours, ce sera du billard !

Huit jours : cela coïncidait avec la date du retour de Vincent.

Un soir, elle prit Alain à part et lui promit :

— Tu n'iras plus à l'école cette année, mais puisque tu as été très gentil, je ne t'enverrai peut-être pas à la campagne...

Et comme le gosse la regardait, surpris, elle enchaîna :

– Ou plutôt non, tu feras comme tu voudras. Mais je veux surtout te dire que je suis contente de toi. Je te pardonne toutes les bêtises que tu as faites...

L'enfant baissa la tête et songea à celles qu'elle ne connaissait pas. Il eut un peu honte de cette absolution, cependant qu'elle continuait :

– Il faut, vois-tu, que nous nous fassions plaisir. La vie est courte (elle soupira). Il faut que le soleil brille pour tout le monde !

Là, elle fit une pause et songea à son concurrent du bas de la rue qui essayait de lui ravir ses clients. L'enfant, plein de bonne volonté, ouvrait grand ses oreilles :

– Il y a des choses qu'il faut que tu comprennes, maintenant, tu es grand. Tu sais qu'une femme encore jeune ne peut pas vivre toute seule, il lui faut un soutien, quelqu'un pour l'aider. Elle est alors beaucoup plus respectée...

L'enfant secouait affirmativement la tête, mais sans comprendre.

– Tu comprends ?

– Oui, m'man !

La femme fit une pause et lui tendit un morceau de chocolat. Il le croqua sans même sentir le goût, tant il était attentif.

77

— C'est pourquoi M. Vincent — tu pourras l'appeler Vincent — va venir habiter ici.

— Tout le temps ? laissa échapper l'enfant.

Une lueur passa dans les yeux de sa mère. Elle poussa un soupir d'impatience et poursuivit en parlant plus vite :

— Oui, toujours ! Mais fais bien attention. Il sera très gentil avec toi. Ce sera comme... comme... un grand frère. Tu l'écouteras et je crois que tu n'auras rien à y perdre. Il m'a dit qu'il t'apprendrait la musique.

— Il t'a dit ?...

— Ou plutôt, il m'a écrit : la musique, la boxe... et...

— Et ?

— Et peut-être la natation ! Il t'emmènera à la piscine toutes les semaines. Mais tu seras gentil avec lui !

L'enfant ne répondit pas tout de suite. Elle tapa du pied et répéta plus fort :

— Tu seras gentil avec lui !

Alain répondit très vite :

— Oui, m'man, oui...

— Bien ! maintenant, mouds du café.

Alain jeta deux poignées de grains noirs dans le moulin et l'ayant calé entre ses genoux, le tiroir à l'intérieur pour qu'il ne glisse pas, il commença à tourner.

Le bruit du moulin fit partir ses pensées, une à une, en poudre avec le café. Il devait moudre plusieurs moulins. Au deuxième, il lui sembla qu'il jetait non des grains de café, mais une multitude de petits nègres et qu'il les broyait avec tout son acharnement. Il se mit à tourner de plus en plus vite. Une sorte de rage le saisit, l'envahit. Ses cheveux, à chaque tour, retombaient sur ses yeux et, d'un mouvement brusque de tête, il les rejetait en arrière. Un peu de sueur perla à son front. Furieusement il tourna et bien encore après l'épuisement du moulin, bien après que les nègres eurent été réduits en poudre.

– Tu n'es pas fou ? dit la mère.

Elle ne pouvait pas comprendre. Il se leva, posa le moulin et, sans même regarder Chouquette qui faisait la « belle », il sortit de la boutique.

N'était-il pas temps de rejoindre son refuge, de s'y cacher ? Il quitta la rue et commença à grimper l'interminable escalier.

Son terrain était bien là. Rien n'était changé. Seul un écriteau indiquait : « Chantier, défense d'entrer. » En haut du terrain, des amoureux se réunissaient le soir.

Alain les tolérait. Mais le bas lui appartenait et seul il en avait le privilège. Des pieux mar-

quaient la limite de son domaine. Il vérifia et
vit que tout était en ordre.

Seul l'écriteau l'inquiéta un peu. Combien
de terrains abandonnés ainsi avaient accueilli
d'immenses immeubles construits en quelques
mois. Chacun d'eux avait eu son nom et Alain,
en regardant leur emplacement, pouvait se répéter :

— Dire que c'était ici le terrain de la terre
glaise ! Il y avait aussi le « terrain-de-la-Vieille-
Maison », le « terrain des Souterrains », le « terrain des Tuyaux », le « terrain des Escalades »,
le « terrain des Macchabées », autant de lieux-
dits qui donnaient à vivre à l'imagination des
enfants.

Celui d'Alain avait un nom aussi : le « terrain
des Scouts ». Il avait horreur des scouts. Il
admettait seulement les louveteaux avec leur
petit béret portant un loup rouge. Les scouts
lui paraissaient de faux cow-boys, des héros
déchus, et il ne pensait à eux qu'avec dédain.
Leurs totems lui paraissaient absurdes. Et surtout, ils avaient donné leur nom au terrain, à
son terrain, qui n'avait besoin d'aucun autre
nom que celui de « terrain ».

Il alla jusqu'au grand creux et se coula tout
près de la tôle ondulée. Le ciel était gris, mais
il ne craignait pas la pluie. En pareil cas, il allait

se cacher sous la tôle et écoutait couler l'eau au-dessus de lui, émerveillé d'avoir construit seul un tel abri. Il rêvait de cacher dans un grand trou des provisions et de jouer les Robinson suisse.

Il ferma les yeux et imagina que Vincent traversait le terrain en frappant du pied toutes ses pierres, en riant de trébucher, en transformant sa marche en danse baroque.

Le noir connaissait tout ce qui est inutile et merveilleux : danser, faire des claquettes, chanter, jouer aux cartes, nager, boxer...

L'enfant pensa qu'il serait difficile de l'égaler, de le dépasser en tout et qu'il avait fort à faire. Encore une fois, il serra ses petits poings.

Il avait résolu de réfléchir à tous les problèmes que posait ce retour. Le ciel s'éclaircit au-dessus de sa tête. Une lumière blanche frappa ses yeux ; il les ferma et soupira d'aise. La solution était trouvée : le nègre n'existait pas, il n'y avait jamais eu de Vincent !

Il imagina seulement un homme tellement noir que la nuit se confondait avec lui. Il pensa au film *L'Homme invisible* ; on n'aurait pu deviner sa couleur.

Une mouche lui fit bouger la tête et il ne fut plus qu'avec elle. Son ami Capdeverre possédait une cage à mouches en mica. Il leur coupait les ailes, les jetait dedans et prétendait les dresser à effectuer des travaux utiles. De temps en temps, il en écrasait une entre ses doigts... Alain eut une grimace de dégoût et chassa la mouche qui volait au-dessus de lui.

Un clochard passa non loin de là, cherchant un coin pour « casser la croûte ». L'enfant le regarda avec inquiétude, mais l'homme eut le bon goût de s'éloigner. Il regretta alors de ne pas avoir pris son livre d'Histoire de France pour regarder encore une fois les gravures. Sur l'une d'elles, on voyait un soldat anglais attachant Jeanne d'Arc au bûcher avec une cordelette. Pendant une leçon, le gros Albert lui avait chuchoté :

— Et moi, j'te dis qu'il lui tire un élastique aux fesses !

L'effet immédiat avait été un rire fusant, suivi d'un coup de férule et d'une punition humiliante : demeurer une heure au fond de la salle, les mains sur les hanches. Le maître de temps en temps disait :

— Regardez l'oiseau qui ne peut s'envoler !

Et les autres en pareil cas avaient le droit de rire parce que c'était le maître qui faisait de l'esprit. Il jetait même un regard amical à ceux qui riaient le plus fort.

Le livre d'histoire était le plus merveilleux de

tous : Saint Louis et son arbre, Charlemagne et
sa barbe, Jeanne d'Arc et son bûcher, Clovis et
son bouclier, Henri IV et sa poule au pot, Rou-
get de Lisle et sa main sur le cœur, Napoléon
et sa lorgnette. L'ennuyeux était de retenir les
dates par cœur.

– Quand Charlemagne fut-il couronné
empereur d'Occident ?

– En l'an 800 !

Ça, on pouvait le retenir, il avait choisi, pour
un si grand événement, un nombre bien
arrondi. Mais d'autres étaient impossibles : 732,
1648, 1789... Que des chiffres soient mêlés à
de si belles histoires lui paraissait bien
ennuyeux.

L'école, heureusement, n'était que pour
octobre. Il redoublerait sa classe, mais aurait
une chance d'en être le premier et de toujours
continuer ainsi.

Un gros chien vint le renifler, mais resta
insensible aux caresses. Il alla lever la patte un
peu plus loin.

Un groupe d'enfants passa. Ils jouaient au
mariage. La petite fille portait, en guise de voile,
un linge à beurre sur les cheveux. Le petit marié
avait découvert dans quelque poubelle une
grosse rose rouge qui pendait à sa boutonnière.
D'autres suivaient. Un tenait le voile ; à sa cein-

ture demeurait un pistolet à flèches ; de la main gauche, il tirait une toute petite fille porteuse d'une poupée.

Après leur passage, Alain fit cette réflexion que le terrain devenait inhabitable. Il soupira, et comme la faim le tenaillait, il songea à rentrer au bercail. Il respira très fort en écartant les bras, comme le lui avait appris le maître de gymnastique.

La poitrine gonflée d'air humide, il se prépara à plonger vers sa demeure, mal à l'aise et très pressé soudain de la retrouver.

Quand il atteignit la rue, le soleil donnait en plein. Loulou et Capdeverre projetaient des ombres chinoises sur le mur avec leurs mains :

– R'garde mon chien !

– C'est pas un chien, c'est un canard !

Alain fit « coin-coin », tandis que Loulou et Capdeverre aboyaient.

Quand ils se furent tous calmés, le soleil se cacha. La conversation s'éteignant, Loulou crut bon de demander :

– Quoi de neuf ?

– Rien, fit Alain, j'viens de mon terrain...

Les autres s'esclaffèrent :

– Ton terrain ? Non mais, tu rigoles ? Tout le monde y va dans ton terrain !

– Peut-être ! parce que je le veux bien...,
rétorqua Alain vexé.

– D'abord, ton terrain, il pue !

– Comment ?

– Il pue !

– Il pue quoi ?

– Ben, la merde !

Alain se fit menaçant, et comme il les domi-
nait, s'approcha en posant son œil droit dans
l'œil gauche de Capdeverre. Il le poussa à coups
de coude pendant quelques mètres.

Comme il allait sérieusement se fâcher, une
main lui toucha l'épaule. Il se retourna et reconnut le grand Anatole, qui lui jeta du bout des
lèvres en clignant des yeux et en faisant rouler
son mégot :

– D'abord, ton terrain, on va y construire un
stade.

– Si j'veux, hurla Alain.

– C'que t'es môme quand même ! Ton terrain d'ailleurs, il a un autre nom...

– J'm'en fous des scouts ! C'est des filles.

Loulou et Capdeverre s'approchèrent, retrou-
vant leur assurance :

– Ton terrain, c'est le terrain des colom-
bins !...

Alain s'éloigna de quelques pas et, sans regarder le grand Anatole, leur cria :

— Vous êtes des... des... rien du tout !

— Moi aussi ? fit Anatole.

Alain prépara sa fuite et, se tournant vers la boutique, y plongea en criant :

— Toi, t'es un flandrin ! Ma mère l'a dit. Un grand flandrin...

— Ta mère, ah ! une chouette !...

Ses paroles se perdirent derrière la porte de la boutique rapidement refermée.

Sa mère jouait au 421 avec le père Biscot. Il la regarda. Elle portait une jupe noire et un corsage blanc à petites fleurs brodées. Ses cheveux étaient roulés sur ses oreilles et formaient comme un casque. Ses lèvres bien peintes s'humectaient plus que jamais.

Chose curieuse, elle bougeait sans cesse la mâchoire.

— Ma parole, elle mâche du sem-sem-gum ! pensa Alain auquel cette friandise était interdite.

Il s'approcha du comptoir, avec un doigt fit une rigole d'un rond de verre et l'observant en avançant la lèvre inférieure lui dit :

— T'es rien belle !

La mère rougit de plaisir.

— Il est galant, mon fils !

Le père Biscot, instinctivement, lissa sa moustache.

— J'ai soif, dit l'enfant.

La mère posa les dés, ajouta un verre et servit la tournée. Alain obtint un peu d'apéritif.

— Mets de l'eau, dit la mère.

L'enfant appuya sur le siphon. Il écouta le bruit de l'eau gazeuse, et il lui sembla qu'il continuait après qu'il eut cessé d'appuyer. Mais le son venait de la cuisine. Son regard rencontra celui de sa mère. Elle sourit et ordonna :

— Va dire bonjour et sois gentil ! en bougeant le doigt à hauteur du nez.

Le père Biscot suça le bord de son verre et s'abîma dans une rêverie. De temps en temps, il regardait la femme d'un air psychologue. Elle se troubla et, pour se donner une contenance, essuya les verres une seconde fois.

Alain avait tout de suite compris « qui » était là. Il aurait souhaité que la cuisine fût à des kilomètres de la boutique. Il marcha le plus lentement possible, s'arrêta devant la porte de séparation et la poussa doucement, comme s'il y avait quelqu'un à ne pas éveiller.

Le nègre, en slip devant la pierre à évier, se montrait de dos. Il faisait bouger sur sa tête d'épaisses montagnes de mousse blanche. Comme ses oreilles étaient pleines de savon, il n'entendit pas Alain, qui alla s'asseoir au fond de la pièce, sur un petit banc.

La mousse, dont un gros flocon s'écrasait de temps en temps sur le carreau rouge, retint le regard de l'enfant. Il observa que les cheveux du noir n'étaient pas du tout les mêmes lorsqu'ils étaient ainsi mouillés : on eût dit des cheveux de fille.

Il regarda ce corps immense et, avec stupeur, s'aperçut qu'il ressemblait à celui de Tarzan. Un long muscle bougeait sous la peau des cuisses. Des boules roulaient aux biceps luisants...

Il aurait voulu que ce corps demeurât toujours ainsi, mais le petit doigt du noir bougea dans son oreille et se retournant à demi, la tête sous le bras, il prononça :

— Ah, tu es là ? Bonjour, p'tit Alain !

— Bonjour, répondit Alain, sur ses gardes. Le noir plongea sa tête sous le robinet et, se retournant de nouveau, montra ses dents éblouissantes :

— On dirait qu't'as grandi, p'tit homme !...

Alain regarda les pieds de Vincent :

— Ça se peut !

— Tu vas être un costaud, maintenant !

Alain pensa à certaine scène, se mordit les lèvres et laissa échapper :

— Pas tant qu'vous !...

Puis, pensant avoir été trop aimable, flatteur

même, il se reprit, en levant un peu trop haut
la tête :

— ... mais presque !

Vincent fit retomber du bout du peigne, par
petits à-coups, ses cheveux sur ses yeux, pour
les partager ensuite en deux masses d'égal
volume. Il ne s'essuya qu'après.

Il sortit d'une trousse un tube, duquel il fit
glisser une brosse à dents. Un serpent de pâte
dentifrice s'apprivoisa et le noir frotta ses dents
dans tous les sens.

La curiosité l'emportant sur la méfiance,
Alain se leva pour regarder l'heure de plus près
à la pendulette du buffet, s'accouda à ce dernier
et observa les petits objets luxueux : les flacons,
les boîtes, contenus dans le sachet en cuir.

Vincent de ses longs doigts débouchait un
flacon. Il palpait à peine les objets, comme s'il
eût craint de les abîmer et, de mouvements
rapides et précis, les plaçait.

Alain observa que c'était comme une trousse
d'écolier, et que là, le blaireau, les boîtes... rem-
plaçaient crayons et règles. Il s'approcha encore.
Vincent déboucha un flacon et dit :

— Sens un peu.

Alain remua à peine les narines, secoua affirmativement la tête sans répondre.

Vincent, lui, s'humecta les paumes et lissa ses

cheveux en penchant la tête, comme pour mieux goûter sa propre caresse.

La tête de la mère se montra et, après un petit signe de satisfaction, disparut. Tout aurait été très bien si le père Biscot avait bien voulu avaler un peu plus vite son troisième apéritif, mais il prenait tout son temps, frottait son sucre entre ses doigts avant de le mettre sur la cuillère posée en travers du verre comme il le faisait au temps de l'absinthe.

Il fit couler l'eau, très longtemps, et de haut, jusqu'à ce que le sucre tombât en ruine dans le liquide jaune. Ensuite, il trempa sa cuillère, la suça longuement, la reposa sur le zinc, la regarda encore, redressa sa moustache...

La mère soupira un peu fort.

Le vieux fit semblant de ne pas comprendre ; accomplir le rite, cela seul importait.

Son regard plongea dans le liquide, et tout le temps qu'il but, ne le quitta pas des yeux. C'était comme un serpent fascinant un oiselet et le canari docile glissait dans la bouche, résigné. Quand la dernière goutte fut avalée, l'homme ferma les yeux, serra les dents et, la langue collée contre le palais, essaya de prolonger sa jouissance.

La mère allait et venait, regardait la pendule.

Le vieux, comme pour se venger, restait là, solide, fort de son titre de client fidèle.

Alain, sans s'en douter, vint au secours de sa mère :

— M'man, j'ai faim. Je prends le cassoulet.

— Pas ce soir, je vais venir... et elle regarda le père Biscot en souriant hypocritement.

L'homme ne put pas tenir :

— Ah, il est temps que je parte !

Il mit le plus de temps possible à payer, puis, finalement, alla vers la porte. La mère enleva le bec-de-cane dès qu'il fut sorti.

Elle se frotta les mains contre les hanches, fit sauter son tablier, rajusta quelques boucles et prit une bouteille de Malaga et trois verres, avant de rejoindre l'enfant blond et l'amant noir.

Ce dernier remettait sa veste.

— Et voilà !

— Tu n'as pas peur d'avoir trop chaud ? dit la mère.

Vincent sourit négativement. Il avait envie d'être cérémonieux ce soir. Non parce qu'il retrouvait la femme, mais parce que l'enfant assisterait au repas.

— Mouche-toi, ordonna la mère à Alain.

Un mouchoir, très noir et mouillé, sortit

d'une poche. Elle le lui arracha des mains et lui tendit un mouchoir propre.

– J'suis tombé, j'ai essuyé mes genoux avec..., dit Alain pour s'excuser.

La mère ne répondit pas ; déjà le nègre l'embrassait, mais gentiment sur la joue. Alain se moucha plusieurs fois, très fort. Vincent le regarda, puis laça ses chaussures.

Trois fois, la bouteille d'apéritif fit entendre son chant. Ils trinquèrent. Le plus maladroit fut Vincent, qui mouilla sa cravate. Précipitamment, il la tamponna avec sa pochette.

Sur le buffet étaient demeurés quelques emballages de médicaments. Il les prit et dit à la femme :

– Tu as été malade ?

– Oui, mais... ce n'était rien, c'est fini !

– Qui a tenu la boutique ?

– C'est La Cuistance et... Alain.

L'enfant prit un air aussi suffisant que possible le temps que Vincent le regardait, puis redevint indifférent.

Subitement, la mère explosa de joie et débita avec volubilité :

– Ici, ça va. Tu vois, je n'ai pas changé. Je me sens en pleine forme (le sem-sem-gum roula d'une mâchoire à l'autre). Et tu es revenu ! Tu as dû en faire des choses (elle bougea le doigt), grand vilain ! Monsieur le grand musicien a dû charmer les Vichyssois. Oh, je devine que tu n'as pas dû t'ennuyer. Et Mahohé, il raconte toujours de bonnes histoires ? Est-ce que tu as goûté l'eau de Vichy ? Pouah ! (elle but son apéritif et le leva à hauteur de l'œil). J'aime mieux ça !

Très galant, Vincent murmura :

– Tu es bien gaie ! C'est mon retour ?

Elle minauda :

– C'est peut-être une coïncidence ! Tu es heureux de me revoir, dis ?

Il s'assit et étira bras et jambes.

– Je suis très heureux d'être ici !

Il bâilla :

– J'ai faim !

– Oui, c'est vrai, à quoi je pense !

Et la mère s'empressa vers ses casseroles.

Le couvert fut dressé en un instant. Elle tourna le bouton de la radio. Par bonheur, on jouait du jazz. Le pied du nègre bougea en cadence et le rythme commença à monter le long de son corps, ses doigts tapotèrent la toile cirée.

Alain lisait *L'Intrépide*. Buffalo Bill décimait les Peaux-Rouges à chaque page. L'enfant s'arrêtait surtout aux images en couleurs. Avec son grand chapeau, sa barbiche et ses moustaches viriles, le capitaine Cody ne pouvait être que victorieux. Les Peaux-Rouges aux coiffures de plumes étaient dignes de lutter contre lui, mais les petits guerriers indiens avec une seule plume et des cheveux luisants ressemblaient à des filles. Car Alain faisait une nette différence entre les Peaux-Rouges et les Indiens. Les premiers portaient beaucoup de plumes et fumaient le calumet de la paix, les autres se glissaient dans les herbes et grimpaient aux arbres. On les abattait par douzaines à la carabine.

Les noirs, c'était autre chose ! Jusqu'ici, ils avaient été les bons porteurs, tout dévoués au grand monsieur blanc. Depuis Vincent, tout était changé et Alain se demandait même s'il existait au monde un seul blanc capable de le vaincre.

La mère posa toutes les victuailles sur la table et décréta :

– Chacun se sert comme il veut !... Toi aussi, Alain, ajouta-t-elle.

L'enfant tira une crevette, et comme il ne savait pas la décortiquer, Vincent en prit une, tourna rapidement sa queue et lui tendit la chair. Alain dit merci, la mangea du bout des dents.

La mère souriait. Vincent prit une autre crevette et montra :

– Regarde comme c'est facile !

L'opération recommença avec succès.

– A ton tour, maintenant !

Alain essaya, mais la chair s'écrasa entre ses doigts. Vincent se mit à rire, lui montra encore, et pour conclure :

– Tu verras, tu y arriveras bien un jour...

Alain remua la tête, mais sans sourire. Vincent se moucha, prit une autre crevette, l'écrasa et dit :

– Vois-tu, moi non plus, je n'y arrive pas toujours, c'est la faute à la crevette. Maudite crevette !

Il roula les yeux de façon si terrible que l'enfant laissa échapper un sourire, mais retrouva vite son sérieux.

Il crut bon de faire un cours d'histoire naturelle :

– Tu vois, m'man, les crevettes, c'est les bébés des grosses langoustes !...

Le nègre, en riant, enchaîna :

– Et les lézards sont les bébés des crocodiles, et les vers de terre les bébés des serpents, et les papillons les bébés des oiseaux...

La mère dit :

– Que vous êtes bêtes ! et vida le reste du plat dans l'assiette de Vincent.

Alain pensa aux petits baigneurs tout noirs

qu'on trouve à la fête, dans la sciure. Il suça ses doigts, cependant que Vincent tamponnait les coins de sa bouche avec sa serviette.

Il découpa le lapin et tendit une cuisse à l'enfant qui, après avoir remercié, y mordit.

— On dirait que tu as faim, dit le nègre.

— Sers-toi de ton couteau, dit la mère.

D'un signe, Alain répondit aux deux et, pour être tranquille, pour être un peu seul, mangea très lentement, en regardant son assiette.

Vincent raconta son voyage à la femme, parla du grand café où il jouait avec les « Cuban-Boys », expliqua que Mahohé n'avait pas été sérieux, comme pour laisser supposer que lui l'avait été.

Il sortit un portefeuille à trois volets, y prit une liasse de billets et, les froissant, affirma :

— C'est du billard !

La mère sourit à la vue de l'argent, puis son visage devint sombre. Elle aurait préféré Vincent moins riche. Une arme possible lui était enlevée.

Vincent, du bout du doigt, releva une mèche de l'enfant qui ne broncha pas.

— On dirait de l'or, dit-il ; moi, c'est du charbon...

Alain regarda les cheveux du nègre, ceux de sa mère et releva les siens.

Vincent poursuivit en disant à la femme :

– Et ses yeux sont tout verts !

La mère dit :

– Oui !

L'enfant ne bougea pas.

Vincent plongea dans le bocal de cornichons et en retira le piment rouge, dont il croqua une partie. Il en tendit en riant un morceau à la mère qui repoussa la fourchette, puis à Alain qui jeta un cri d'effroi.

– Ne pleurniche pas, dit la femme.

– Il ne pleurniche pas. Je lui ai fait peur, répondit Vincent.

Avec impatience, elle jeta à l'enfant :

– Mange un peu plus vite, et tu iras te coucher.

Alain ne demandait pas mieux. Il avait hâte d'être seul. L'os du lapin fut rapidement sucé. Il fit fondre quelques fraises contre sa langue, embrassa sa mère, et fut contraint de serrer la main de l'intrus dans laquelle la sienne disparut un instant.

– Tu es sage ! constata la mère.

Vincent ne dit rien, mais lui fit un petit geste presque timide en bougeant les doigts.

Alain gagna sa chambre sans les regarder.

La femme approcha sa chaise de celle de son amant pour blottir sa tête contre son épaule. Il

lui caressa les cheveux et les oreilles distraitement.

— Vincent ! reprocha-t-elle.

Il parut retomber de la lune et l'embrassa
précipitamment :

— Nous allons toujours être ensemble maintenant, continua-t-elle, tu es le maître ici !

Les dents blanches étincelèrent et Vincent
passant son pouce dans son gilet fit remuer ses
autres doigts d'un air important.

— Tu es bête, dit-elle, câline, aussi gosse que
le gosse ! J'ai deux enfants !

Puis, elle se fit très chatte, très amoureuse,
eut des gestes précis et il se laissa, petit à petit,
prendre au jeu auquel il donna une sorte de
violence.


Un peu plus tard, la femme gisait sur le dos,
les yeux fermés comme pour mieux garder celui
qui venait d'être en elle. Une odeur musquée
s'échappait de la peau de son amant et même
quand il l'avait quittée demeurait avec elle.

Vincent s'étirait avec des gestes d'enfant naïf,
fier d'un exploit qu'il pourrait recommencer
quand elle le désirerait.

Elle murmura :

— Tu es content ?

Il répondit :
– Oui et toi ?
Il se leva pour aller boire. Elle connaissait cette habitude qu'il avait et le regarda partir nu vers la cuisine.

Il fit couler un peu d'eau dans un verre et sans s'en dessaisir entra dans la chambre d'Alain.

Ce dernier dormait en travers du lit, bras repliés sur son corps, les cheveux sur le visage. Vincent but lentement l'eau de son verre en le regardant. Il chercha un endroit pour poser le verre vide et, n'en trouvant pas, revint à la cuisine.

– Que fais-tu ? cria la mère de sa chambre.

Il regarda vers la chambre, mais ne répondit pas. Il prit un morceau du lapin demeuré sur la table et le mangea.

Il revint vers l'enfant, le regarda encore, s'attardant aux cheveux blonds brillant dans la demi-pénombre. Ses deux index effleurèrent le front et lentement écartèrent les mèches. Le petit corps bougea un peu et Vincent recula. Il vit que des larmes avaient séché sur ses joues, se pencha pour mieux les voir et recula de nouveau. Il resta en arrêt, le contemplant.

– Que fais-tu ? répéta la mère.

Vincent remonta l'édredon sur l'enfant, revint à la cuisine, fit couler très fort le robinet, plongea sa tête sous le jet et revint vers la chambre où la femme l'attendait.

– Qu'est-ce que tu faisais ? dit la mère.

Il fit un geste vague et prit dans l'armoire une serviette pour s'essuyer.

Il alla tirer un verre d'eau, l'avala, en tira un autre qu'il posa près de la femme sur la table de chevet.

Il se jeta sur le lit à plat ventre, enfouit son visage dans l'oreiller. Son corps bougea un peu, et quand il eut trouvé la bonne place, devint immobile. La femme se pencha et vit qu'il dormait déjà.

Elle éteignit la lumière sur sa poitrine blanche et sur le dos noir de son amant.

DEPUIS un quart d'heure déjà, Alain frottait un noyau d'abricot contre le trottoir pour en user le bout.

– Tu n'arriveras pas à le faire, ton sifflet, dit Loulou. Il faut prendre une lime.

Capdeverre montra un vrai sifflet pendu à son cou :

– Moi c'est mieux, j'en ai un vrai !

Alain s'esclaffa :

– Un sifflet de flic !

– Parfaitement, je suis le roi de la police montée.

– Tu ne sais même pas monter à cheval, dit Alain.

L'autre haussa les épaules et s'éloigna en sifflant dans tous les sens.

– Tu vas te taire ! lui cria sa mère d'une fenêtre du deuxième étage. Rentre !

Capdeverre, le sifflet aux dents et sans se retourner, entra dans l'immeuble.

— Il est chouette le roi de la police montée ! dit Loulou.

Un homme en pantalon de charpentier montait la rue. Il quitta sa casquette, épongea son front. Loulou courut vers lui :

— Bonjour papa !

Il remonta la rue à ses côtés, serrant entre deux doigts le pantalon de velours. Le mètre pliant de bois jaune sortait d'une poche. Loulou le regardait avec convoitise.

— C'est défendu ! dit l'homme en remontant sa ceinture de flanelle.

Ils passèrent derrière Alain, assis sur le bord du trottoir. Alain se retourna à demi pour les regarder. Le père de Loulou lui tapota la joue et lui jeta en riant :

— Prends une lime, ça ira plus vite !

Loulou ne parla pas. Chaque fois qu'il était avec son père, il devenait orgueilleux et dédaignait les copains.

D'une fenêtre du rez-de-chaussée, La Cuistance cria :

— Tu vas encore salir ta culotte !

— J'm'en tape ! allait répondre Alain, mais il vit à temps qu'elle tenait un beignet dans sa main droite.

— Oui m'dame ! fit-il en se levant et en tapotant ses fesses. Merci m'dame !

Il croqua le beignet en se brûlant la langue.

— On s'coue les tapis à cette heure ! cria La Cuistance à madame Capdeverre qui rentra précipitamment. Pas la peine d'être femme de flic !...

Alain approuva en remuant la tête.

D'un côté de la rue à l'autre, deux femmes échangeaient des paroles, accoudées à leurs fenêtres :

— Je m'les lave à la camomille. C'est meilleur que l'oxygénée !

L'autre qui était brune remuait la tête d'un air peu convaincu.

— Et j'ai de beaux cheveux !

Alain la regarda et pour lui seul murmura :

— Que tu dis !

Madame Papa passa fort vite devant la fenêtre de La Cuistance, mais pas assez vite pour que celle-ci ne lui crie :

— Alors, vous allez manger vos nouilles ?

Madame Papa haussa les épaules et marcha précieusement, en prenant soin de poser ses pieds sur une même ligne.

Un gros triporteur montait la rue, conduit par un apprenti qui dansait sur ses pédales.

— Il n'y arrivera pas, dit Alain à La Cuistance.

En effet, le jeune garçon mit pied à terre et poussa à la main son véhicule.

– Si c'est pas malheureux, c'est trop lourd pour un gosse, ça ! fit La Cuistance.

Alain approuva, puis touchant le sol à l'endroit où il frottait son noyau constata :

– C'est brûlant !

La Cuistance rentra et referma sa fenêtre. L'apprenti s'arrêta à hauteur du gosse :

– C'est loin la rue Bachelet ?

Alain fit un signe du pouce :

– C'est là !

Il regarda l'apprenti, à peine plus grand que lui, qui s'épongeait le front.

– Qu'est-ce qu'il y a dans ton tri ?

– Des petits pots.

– Des petits pots de quoi ?

– Des petits pots de merde.

Alain le regarda et au bout d'un moment, quand l'autre ne s'y attendait plus :

– Eh bien, bouffe-la ta merde !

La Cuistance rouvrit sa fenêtre :

– Tu ne peux pas être poli ?

Alain alla s'asseoir plus loin et frotta la partie brillante de ses sandales avec son doigt mouillé. Il regarda ses genoux. Celui de droite n'avait pas une croûte, à gauche, une cicatrice demeurait. Il en avait une autre à son doigt. Possesseur de deux cicatrices, il se sentit assez fier mais se demanda si, en grandissant, elles disparaîtraient.

Il pensa aux ballons dont les dessins apparaissent dès qu'on les gonfle. L'air emplit ses joues et il souffla dans sa main refermée un ballon imaginaire.

Il était tellement à cette occupation qu'il fallut que sa mère l'appelât deux fois avant qu'il ne l'entendît.

— Si tu n'as pas faim, lui cria-t-elle, tu peux rester dehors !

Alain trouva dans l'arrière-boutique Vincent qui avait presque fini de manger.

— Bonjour m'sieur ! fit-il.

— Bonjour p'tit Alain, mais j'm'appelle pas m'sieur, j'm'appelle Vincent.

Il le servit et l'enfant dit :

— J'aime pas la purée !

— Moi non plus, répondit Vincent, à sa stupéfaction.

Alain, pour se venger, en redemanda.

— Je croyais que tu n'aimais pas ça ? dit Vincent.

— Non, mais j'ai faim.

Vincent, après un silence, affirma :

— Il faut mettre du poivre pour que ce soit bon !

Puis voulant intéresser l'enfant :

— Tu sais où on trouve le poivre ?
— Non !
— Dans mon pays !
— En Afrique ?
— Oui, si tu veux, en Afrique !
Alain ne put retenir une question :
— Y'a des lions en Afrique ?
— Il paraît. Je n'en ai jamais vu.
L'enfant fit un ah ! de désappointement.
— Mais j'ai vu des buffles !
— Avec des cornes grandes comme ça ?...
Les bras de l'enfant s'élargirent encore.
— ... Grandes comme ça ?
— Oui, je t'en donnerai une... peut-être.
— Si je suis sage ?
— Non, si seulement je peux la récupérer.
Cette promesse sous condition éveilla une méfiance chez Alain. Il se tut, estimant aussi avoir beaucoup trop parlé.

Sur le buffet se trouvait un pot de fleurs. Il le regarda de côté, se demandant qui l'avait placé là.

Il pensa à la fleuriste de l'avenue. De temps en temps, elle oubliait un cageot. Les enfants prenaient les tiges pour construire des arcs. C'était moins puissant que les baleines de parapluie, mais aussi moins dangereux et plus spectaculaire.

Grand Jack, lui, chipait des pensées et, brûlant une allumette soufrée sous les pétales, en changeait la couleur.

– C'est une expérience chimique! expliquait-il aux bambins.

Quand les fleurs avaient cédé leur vie à une couleur nouvelle, il les offrait à la petite Italienne qui le regardait en roulant des hanches.

Alain posa son regard sur les manchettes blanches du nègre, qui contrastaient avec la couleur de sa peau. Puis il regarda la main, dont les longs doigts tapotaient une cigarette à bout doré.

Élégant et propre, Vincent n'avait rien de ces noirs que l'enfant avait vus au cinéma. Après une chasse aux éléphants, deux d'entre eux pénétraient dans le ventre de l'animal abattu et extrayaient les tripes qu'ils tendaient aux autres, tout tachés de sang et de graisse.

Vincent ressemblait plutôt au chasseur qui, élégamment vêtu, posait son pied sur la tête de l'animal pour plaire au photographe. Jamais il n'aurait pu être nu et sale. Il passait tout son temps à se laver, à se rincer, à se « pomponner ».

Alain lui jeta un œil critique. Vincent prit une pose avantageuse. Son index se posa contre sa tempe mais glissa : il eut l'air vaguement ridicule. Comme l'œil d'Alain ne le quittait pas, il crut bon de faire un geste et sortit son porte-cigarettes :

— Tu veux fumer ?

Alain crut discerner une traîtrise du genre de celle du piment rouge, mais tout d'abord, sous l'effet de la surprise, il répondit comme s'il avait été maître de cette décision :

— Je ne fume pas !

— Ta mère ne te dira rien, je te le promets.

Alain, qui mourait d'envie de goûter au fruit défendu, trouva le courage de répondre :

— Non, je n'aime pas ça, puis ajouta : ça fait tousser !

— Tu crois ? dit le nègre en riant.

Et comme son rire était mal parti, il se termina en toussotement.

— Vous voyez bien, dit l'enfant sans rire.

Comme il craignait d'avoir été trop vexant, il enchaîna, presque malgré lui :

— Vous avez été à la chasse aux éléphants ?

Le nègre montra une breloque qui pendait à sa montre-bracelet :

— En voilà un ! et il porte bonheur.

Alain risqua un tel sourire de pitié que le nègre poursuivit, comme pris en faute :

— Mais j'en connais qui y sont allés !

Et il raconta une histoire inventée, se prolongeant en détails incroyables, en anecdotes imprévues, mêlant de vagues lectures à des souvenirs de cinéma et à des légendes confuses.

C'était faux, mais plus beau que la réalité. Il parla même du cimetière des Éléphants. Les yeux d'Alain s'agrandirent, sa bouche fit des oh ! et tout son visage ouvert reçut de plein fouet la poésie, l'émerveillement des histoires qu'on n'oublie plus.

L'entrée de la mère brisa le charme. Elle arbora un large sourire et dit :

– Eh bien ! on fait bon ménage ?

Alain fit un geste d'impatience vite réprimé, tandis que Vincent écartait l'interruption d'un geste agacé. Lui-même se prenait à son jeu et ressentait autant de plaisir à inventer des histoires que l'enfant à les écouter.

Ce dernier ne posa pas d'autres questions et demanda à aller jouer, ce qui lui fut accordé.


Alain eut beaucoup de mal à dessiner son éléphant. Sa craie était usée et ses doigts, frottant le sol, lui causaient une impression douloureuse. Un tout petit enfant l'approcha et le regarda faire :

– C'est un dada ? demanda-t-il.

Alain lui jeta un regard courroucé, puis s'avi-

sant de ce qu'il avait affaire à un « môme »,
négligea de rectifier :

– Oui, c'est un dada !

– Il est beau ! fit le môme.

– Tu trouves ?

– Oh oui, il est très beau !

Il n'en fallut pas plus pour qu'Alain sortît de
sa poche un misérable caramel et le lui tendît.
Le petit le suça lentement en lui souriant.

Alain commença à dessiner un deuxième animal, en atténuant toutefois la trompe.

– Tu ne vas pas encore à l'école ?

– Non, j'ai quatre ans.

– Comment tu t'appelles ?

– Je m'appelle Samuel.

– Ton père est juif ?

– Je ne sais pas, répondit l'enfant.

Alain passa son bras autour de son cou,
l'embrassa tendrement et lui confia :

– Ça ne fait rien, va !...

Samuel lui fit un sourire.

La porte de l'épicerie s'ouvrit et la mère dit :

– Tu as fait un petit copain ?

– Oh oui, m'man, il est gentil ! il s'appelle
Samuel. Je lui apprends à dessiner.

Les deux enfants se regardèrent.

Une grande femme rousse, très maquillée,
sortit d'un couloir.

— C'est ma maman, dit Samuel. Et il se leva précipitamment.

La femme le prit par la main, le secoua un tout petit peu et lui dit en regardant vers Alain :

— Allons, rentre ! Je te défends de jouer avec les gosses des rues.

Samuel se retourna pour faire à Alain un signe de la main.

La porte de l'épicerie s'ouvrit et la mère ordonna :

— Rentre aussi, Alain ! en toisant la femme rousse qui s'éloignait.

Alain écrasa du pied son bout de craie resté à terre, mit ses mains dans ses poches et fit : « Ah la la ! » en remuant la tête.

Il aida à laver la vaisselle. Sa mère essuyait les assiettes deux par deux. Lui essaya trois par trois, mais il eut peur de se tromper dans son calcul et d'oublier un fond ou un creux. Il reposa le tout et recommença en les prenant une à une.

Une fois, sa mère lui dit :

— Essuie un peu mieux les verres ! C'est pas ceux de la boutique...

Le nègre dormait dans la chambre. Alain bâilla et pensa à dormir aussi. Mais non ! c'était du temps perdu.

Il essaya de calquer l'image de Tarzan sur du

111

papier à beurre. Il emplit d'encre noire la surface limitée par ses traits pour voir si le dessin
ressemblerait à Vincent. Comme il n'avait pas
laissé de parties blanches, l'image se montra très
plate et transforma Tarzan en Fantômas. Alain
le gratifia d'un petit chapeau puis déchira sa
feuille avec impatience.

La mère dansa d'un pied sur l'autre en le
regardant, puis dit :

— Tu m'énerves ! va donc jouer.

— Allons bon ! lui dit Alain.

Puis il ressortit dans la rue.


La femme s'efforça de bien rougir ses ongles.
La main gauche fut assez bien réussie, mais la
droite laissa à désirer.

Ses doigts battirent l'air comme des ailes
d'oiseau, et quand le produit fut sec, elle regarda
son œuvre sans grande satisfaction.

La pince à épiler remplaça dans sa main le
pinceau à rouge. Un à un, les poils du tour de
la bouche furent arrachés. Elle défricha l'espace
entre ses deux sourcils et allongea chacun de
ceux-ci avec un crayon bleu. Elle mouilla ses
cils avec de la salive et, rentrant les lèvres, se
poudra abondamment.

De nouveau, elle regarda ses mains, qui lui

parurent pauvres, avec leurs traces de gerçures, leurs ongles courts. Elle rangea toutes ses fioles dans le tiroir du buffet, avec accablement.

Elle aurait tant aimé ne pas avoir à se servir de tout cela. Elle pensa que l'effort était trop grand et se demanda si longtemps elle pourrait le soutenir.

Était-il possible à son âge de vivre deux vies : celle de ménagère et de femme « soignée », celle de mère et celle d'amante ?

Elle n'aurait pu se résoudre à n'avoir que ce qui lui était offert moyennant la lutte quotidienne de chacun. Cependant, elle n'oubliait pas qu'un jour elle n'aurait peut-être pas autre chose.

Alain, c'était une sorte d'avenir. Il avait bon cœur. Un jour, il serait grand et elle l'aurait près d'elle. Vincent demeurerait un beau souvenir. Ses années en ce moment comptaient double ou triple. Elle serra les poings en songeant à son désavantage. Vincent ne vieillirait jamais et elle-même, en tout cas, ne pourrait devenir assez âgée pour le voir grossir, pour guetter les premiers cheveux blancs sur cette tête trop noire, trop vivante.

Elle pensa à son âge véritable et à celui qu'elle avouait. Entre les deux, se situait presque l'âge d'Alain. Elle repoussa une pensée confuse qui lui faisait en vouloir à son fils de se situer ainsi entre les apports de son maquillage et sa réalité.

Le matin, elle prenait soin de se lever très tôt, bien avant son amant, afin qu'il ne découvrît pas les désastres de la nuit.

Elle enduisait son visage de vaseline pure et s'essuyait avec une serviette nid-d'abeilles. Sa peau alors lui semblait presque neuve. Ensuite, sur cette toile prête, elle n'avait plus qu'à exercer de modestes talents de maquilleuse.

Seuls les cheveux se pliaient assez bien à l'habileté de ses doigts. Dans sa façon de les coiffer résidait sa meilleure chance de plaire. Quelques boucles, savamment décolorées sur le devant, lui semblaient du meilleur effet.

Toujours, elle s'arrangeait pour ne pas procéder à de tels soins devant Vincent, lequel ne se faisait pas faute de lui adresser un sourire et quelques mots proférés sans méchanceté, mais qui la blessaient.

Par exemple : « Tu fais le ravalement », ou bien : « Quel homme heureux je suis... »

Une fois, il avait caressé la joue lisse d'Alain du bout des doigts en regardant la femme se poudrer. Elle avait cru qu'il y mettait une intention. Alain avait beau dire quand il l'embrassait :

— Tu as la peau douce, maman !

Elle savait bien que cette peau n'était pas douce, mais molle.

Elle avala un verre de bière et se sentit plus forte. Elle ne pensa plus qu'à l'âge qu'elle avouait et compta qu'il pourrait lui rester de belles années, et dès lors, un optimisme un peu forcé l'envahit. Elle posa une main sur une hanche et se jeta un regard de côté dans la glace. Elle s'attarda dans cette position et se demanda si elle ne devrait pas la garder pour que le nègre à son éveil la vît ainsi.


Vincent ne dormait pas. Il attendait. Il attendait peu de chose : une idée, un prétexte, un sujet lui permettant d'être ailleurs qu'à l'endroit où il se trouvait.

Il pensa à la bonté, à l'église, aux saints. Le plafond lui en offrait un parmi ses taches, un avec barbe et auréole. Il ferma les yeux et quand il les rouvrit ne retrouva pas le même dessin. Un lion avait remplacé le saint. Il avança la bouche comme pour imiter un rugissement, mais se retint en regardant à gauche et à droite.

Son bras tomba le long du lit. Il battit le tam-tam sur la traverse de bois.

Il eut brusquement envie de se sucer deux doigts et les porta contre ses dents. En réalité, il les mordilla et ce mordillement le conduisit tout droit dans son enfance, à l'époque où il se couchait ainsi, non loin de la case de son père en écoutant chanter les hommes.

Il courait pieds nus alors et pensait peu.

Ses souvenirs ne s'accompagnaient jamais des pensées qu'il avait eues dans son enfance, mais plutôt des sensations physiques qu'il avait éprouvées. Souvenirs de petites batailles où les enfants ne négligeaient pas de se piquer de la pointe du couteau, souvenir de la petite mulâtresse qu'il avait embrassée puis battue, souvenir de la première dame blanche qui l'attendait près de son école et qui lui avait appris tant de choses.

Il ne voyait que des images et chacune d'elles s'accompagnait d'une douceur ou d'une certaine forme de douleur qui lui rappelait telle ou telle partie de son corps. Au fil de ses pensées, il pouvait éprouver en quelques instants le désir, la haine, la fureur, l'amour, la joie, et tout cela si vite que son visage n'exprimait rien, car tout se passait en lui, derrière son immobilité. Le temps ne coulait pas. Tout cela, c'était hier. Il avait écarté tout ce qui n'était pas en rapport avec son corps, et cet oubli des choses inutiles lui gardait sa fraîcheur, sa jeunesse, son âme d'enfant.

Il n'avait eu aucun mal à apprendre ce qu'est la civilisation. Les gestes élégants étaient venus tout seuls. Parfois, il regardait les hommes blancs, les trouvait massifs, pesants. Aucun qui ne sentît le cadavre naissant. Les noirs seuls avaient le parfum de vie. Une odeur, un fluide existaient entre eux, les mêmes qui les guidaient à la suite de la musique par les chemins merveilleux du rythme.

Jamais il n'avait envié la blancheur. Il la jugeait larvaire et tout homme blanc lui paraissait un être inaccompli. Son seul regret était de n'avoir jamais rencontré une jeune fille blonde, légère, vraiment une jeune fille qu'il aurait aimée. Il n'avait obtenu que des conquêtes faciles et si sa « femme » actuelle le contentait, c'est parce qu'elle savait se montrer maternelle. Même dans les moments les plus amoureux, elle ne pouvait se départir de ce sentiment et Vincent avait plaisir à en être l'objet, jusqu'à ce qu'il fût lassé et qu'alors une sorte de fureur, par réaction, le saisît.

Il rêva à la jeune fille blonde qui l'aurait aimé pour lui, rien que pour lui, et non pour ses facultés physiques, pour sa puissance à « faire l'amour ». Car ce « lui » existait. Il avait saisi l'autre civilisation et mettait son orgueil à la servir dans ce qu'elle avait de meilleur comme à se parer d'elle. Il n'y avait plus d'individus blancs, mais un dieu qui les avait guidés et dont ils n'étaient pas dignes. Lui, Vincent, savait. Il savait !

Il repensa à la jeune fille aux cheveux dorés dont il rêvait comme à son complément. Elle ressemblait à ses aspirations, elle avait une âme d'enfant, elle faisait de lui ce qu'elle voulait et il la suivait pour la servir...

— Alain ! Alain !

La mère mit ses mains en porte-voix. Elle murmura :

— Où est-il encore passé ?

Elle monta jusqu'à la rue Bachelet et le surprit, jouant à la marelle, tout seul et de la terre au ciel, dansant toute l'enfance. Le palet est à *deux*. On saute du *un* au *trois* sur un pied. On se repose sur deux pieds au *quatre-cinq*. Ensuite, un pied au *six*. Puis deux pieds au *sept-huit*. On regarde le ciel et comme pour lui faire la nique, on se retourne brusquement et on redescend vers la terre.

Alain pouvait jouer seul à ce jeu pendant des heures, à condition d'avoir un bon palet. Une boîte vide de pastilles en faisait office et sur le trottoir glissait bien. Elle tournait parfois sur elle-même et le plaisir de la regarder faisait partie du jeu.

Il était seul. Les camarades étaient encore à l'école. Certains préféraient jouer à la toupie, en la frappant de grands coups de fouet. Alain avait horreur de ce jeu. Il n'aimait pas frapper la toupie. Il avait l'impression de lui faire mal depuis que, sans raison aucune, son imagination l'avait comparée à un petit poussin en maillot rayé.

La mère l'appela de nouveau et si fort qu'il faillit oublier son palet pour ne pas la faire attendre. Il sauta par trois fois à cloche-pied, comme pour se donner de l'élan, et aussi demeurer un instant avec son jeu, puis courut à toutes jambes vers sa mère.

— Va te laver, mets ton beau pull et coiffe-toi.

Et au regard interrogatif de son fils, elle répondit en chuchotant, comme lorsqu'on annonce une nouvelle tellement importante qu'on n'ose pas la dire tout haut :

— Vincent t'emmène promener !...

La lèvre inférieure d'Alain s'avança et jetant un regard mi-suppliant, mi-piteux, il murmura :

— J'aime mieux jouer à la marelle, m'man...

— Ne pleurniche pas, et fais ce que je te dis ! ordonna la mère.

Elle ajouta :
– N'oublie pas tes promesses !
Vincent approcha et, jetant un regard timide
à l'enfant, lui dit :
– On va bien s'amuser !
Il avait l'air décidé à cela, mais peu convaincu
tout de même.
Alain ne lui répondit pas et se changea, se
coiffa avec résignation.
Quand il eut posé le peigne, Vincent s'approcha, y prit un cheveu, le fit glisser entre le pouce
et l'index, le regarda à la lumière et se tournant
vers la mère :
– On dirait de l'or. On dirait un cheveu de...
de jeune fille.
Alain eut un regard terrible. La mère secoua
la tête comme on le fait devant un innocent de
village et Vincent, pendant quelques minutes,
se trouva tout seul.
Il porta un cigarillo à sa bouche et l'alluma,
jetant d'épaisses bouffées de fumée vers le plafond.
La mère fit d'ultimes recommandations :
– Sois sage et donne bien la main à Vincent.
Ils marchèrent en silence. Au bout de quelques pas, Vincent dit à l'enfant :
– Si tu aimes mieux aller les mains dans les
poches !...

Ce dernier préféra enfoncer ses pouces dans sa ceinture et marcher en se dandinant. De temps en temps, son regard se levait, cheminait le long du grand corps et plus haut que la tête regardait s'envoler la fumée du cigare.

Vincent jeta son mégot, regarda gentiment Alain et lui dit :

— Tu veux aller quelque part ?

Alain ne répondit pas et se mit à fixer le trottoir filant sous leurs pas. Il calcula qu'il faisait trois pas pendant que son compagnon n'en faisait que deux. Il essaya d'écarter un peu plus ses jambes et se perdit dans un calcul compliqué. Au coin d'une rue, Vincent lui dit :

— Viens, on va rire !

Alain vit une jeune femme monter dans une minuscule voiture que déjà Vincent tenait par le pare-chocs arrière. Il crut qu'il voulait se faire porter, comme ses camarades et lui-même le faisaient derrière les voitures à chevaux. Vincent lui sembla ridicule, jusqu'à ce qu'il eût compris.

Arc-bouté, Vincent empêchait la voiture de démarrer. De toutes ses forces, il la retenait. Les roues patinaient, la voiture demeurait sur place. Le spectacle surprit Alain et il regarda Vincent avec un effarement bien proche de l'admiration. Comme la jeune femme arrêtait son moteur et lui jetait par la portière :

— Soyez gentil, laissez-moi partir !...

Vincent tapa les mains l'une contre l'autre et, rajustant sa cravate et son veston, s'inclina galamment.

La femme lui sourit sans rancune et la petite voiture s'éloigna.

Le nègre et l'enfant poursuivirent leur chemin, mais la tête du petit se leva plus souvent et rencontra même deux fois le regard de son compagnon qui riait, tandis que lui-même demeurait muet d'étonnement et d'admiration.

Arrivés aux boulevards, Alain se serra contre Vincent : là il pouvait se perdre. Il rêva pourtant, en contemplant les véhicules, de la voiture minuscule à l'autobus énorme, en se demandant si le costaud saurait aussi le retenir.

Vincent s'arrêtait à tous les cinémas pour regarder les photos des films. Une fois, il souleva Alain qui ne pouvait voir celles du haut.

Ils ne parlaient pas. Vincent souriait et son sourire indiquait :

— Tu vois tout ce que je te montre, tu vois tout ce que je te fais découvrir !

Les baraques des camelots, les instruments de jeu des cafés, les bateleurs, Vincent connaissait tout cela et en faisait profiter l'enfant.

Ce dernier avait souvent rêvé d'exploits à accomplir. Par exemple, chasser le lion échappé d'une ménagerie, monter sur un cheval et parcourir Paris, etc.

Il n'avait pas pensé qu'on pût arrêter une voiture rien qu'avec ses mains et Vincent lui offrait pareil spectacle. Il ferma un instant les yeux et le vit se dresser, gigantesque en face des maisons, et jouer à attraper les avions dans le ciel comme des mouches.

Son compagnon lui proposa de l'emmener au cinéma et il accepta. On jouait un western. Les yeux de l'enfant brillèrent. Il se mit à gigoter sur son fauteuil et même à crier d'admiration. Les bons cow-boys arriveraient-ils à temps pour délivrer la jeune prisonnière ? *1re image* : la jeune fille angoissée ; *2e image* : les cow-boys galopant ; *3e image* : le couteau s'approchant de la jeune fille ; *4e image* : les cow-boys galopant ; *5e image* : la jeune fille détournant l'arme ; *6e image* : les cow-boys galopant...

C'était passionnant ; Alain trépignait, hurlait d'enthousiasme et ne craignait pas de déranger ses voisins. Il prit le bras de Vincent et le serra très fort. Il s'aperçut que son compagnon remuait et s'enthousiasmait avec lui. Tout le rang en était ébranlé.

Quand la jeune fille fut délivrée, au « ouf » final, Vincent et Alain éclatèrent de rire, se serrèrent les mains. Alain n'en finissait pas :

— Oh, il les a eus, il les a eus !...

Vincent riait de toutes ses dents :

— Tu vois bien, tu vois... on y arrive toujours quand on veut !

Il lui acheta une pochette-surprise et s'émerveilla avec lui de la découverte qu'il fit d'une tasse minuscule.

A l'entracte, comme une jeune femme était assise sur le strapontin, il recula d'une place et Alain le suivit. La femme ne bougea pas. Poliment, Vincent lui désigna la place libre. Elle secoua légèrement la tête sans répondre et se leva pour aller s'asseoir à un autre endroit de la salle. Vincent lui jeta un regard furieux et regarda sa main noire en soupirant. Dès lors, il devint triste.

Alain, sentant son reste d'enthousiasme pour le film sans écho, répéta :

— C'était bien, hein ?

— Oui, fit simplement Vincent.

Ils quittèrent le cinéma tout de suite après les actualités et Vincent dit à Alain :

— Tu aimes le punch ?

Alain ne comprenant pas, il lui expliqua ce que c'était. L'enfant accepta.

De l'autre côté du boulevard, ils entrèrent dans un bar très sombre, très silencieux, où l'on n'entendait, en bruit de fond, qu'une petite musique.

Vincent connaissait tout le monde et alla s'asseoir avec d'autres nègres. Tous paraissaient heureux et riaient de bon cœur, se levaient et chahutaient comme des enfants malgré les « attention », les « chut » de la barmaid. Alain fut installé sur un pouf et Vincent lui croisa les jambes en tailleur.

– Tu es le petit roi, lui dit-il.

Et les autres se mirent à rire. Alain crut bon de mettre sa main contre sa poitrine comme Napoléon et les rires redoublèrent tandis que, fier de son succès, il sautait sur son pouf.

Un des hommes dit :

– C'est pas un roi, c'est un petit diable !

Pour le calmer, Vincent lui tendit un bol de punch, sur lequel il se mit à souffler.

Les nègres parlèrent dans leur dialecte, et comme il ne comprenait pas, il rêva en trempant de temps en temps ses lèvres dans le liquide chaud. Le décor était oriental mais l'enfant crut que tout était ainsi chez les Africains.

Une odeur de cuisine un peu comparable à celle de chez madame Papa chatouilla ses narines. Il renifla :

– Tu as peut-être faim ? dit Vincent.

Et il lui tendit un gâteau blanc, un peu fade, qu'il croqua en remerciant de la tête.

— On est bien ici ! constata Alain.

— Faudra revenir, monsieur, lui jeta la barmaid en passant.

— Je ne sais pas, madame, répondit Alain en regardant Vincent.

— Oui, on reviendra si tu veux ! fit ce dernier, puis l'enfant se tut.

Les noirs regardaient Alain avec intérêt, comme s'il avait été une grande personne.

Vincent montra avec orgueil les cheveux de l'enfant :

— C'est comme de l'or. J'en couperai une mèche de temps en temps et je serai riche !

On rit tout le temps ici, pensa Alain. Il demanda :

— Pourquoi il n'y a pas de meubles ?

— A quoi ça sert des meubles ? On n'en a pas besoin ! répondit quelqu'un.

— Mais, pour ranger ses habits ?

Vincent lui chuchota à l'oreille :

— On les met sous les tapis !

Ils se regardèrent et Alain fit « oh ? ».

La porte s'ouvrit sur un couple et le soleil un instant traversa la pièce.

— Pourquoi boit-on chaud puisqu'il fait soleil ? interrogea l'enfant.

— Pour se moquer du soleil, répondit un noir.

— On boit chaud quand il fait chaud ! déclara un autre.

— Parce que quand c'est froid on ne se brûle pas ! dit Vincent.

Alain remarqua comme on répondait ici à ses questions et comme chacun cherchait à trouver une explication. A la boutique, on ne l'aurait même pas écouté.

Une pointe d'orgueil bête se fit jour et il pensa qu'ils étaient ainsi parce qu'il était blanc, mais qu'aux enfants noirs ils ne répondraient peut-être pas.

Puis il pensa à cette phrase que sa mère lui répétait chaque fois qu'il se manifestait un peu trop :

— As-tu fini de faire l'intéressant ?

En effet, il prit conscience de ce qu'il faisait l'intéressant et, soudain, il eut une grande envie de se faire oublier des autres et demeura immobile, jouant seulement à tordre ses doigts, à les croiser, à les superposer avec une grande attention, comme si ce travail avait été très important. Une femme entra et s'assit près d'un des amis de Vincent après les avoir tous embrassés au passage. Elle regarda Alain avec une pointe de mépris :

— Que fait-il là, ce gosse ?

Vincent s'empressa de répondre :

— Il est à moi...

Et comme les autres riaient aux éclats, il rectifia :

— ... Il est avec moi !

La femme ricana de façon vulgaire :

— Tu t'occupes des petits garçons, maintenant ? Après les vieilles dames...

Vincent découvrit ses dents comme un chien en colère :

— Toi, je...

Mais il ne fit aucun geste et se tut. Alors son ami prit le poignet de la fille et lui jeta au visage :

— Je me demande pourquoi on t'a appris à parler !

Elle eut l'air très vexé et dès lors son visage devint calme et doux. Elle posa sa tête contre l'épaule de son amant, lui caressa ses revers de veston en le calmant et en lui parlant de sa jolie cravate. L'homme resta quelques instants immobile, droit et grave comme un juge, puis finalement l'embrassa.

Alain ne disait rien. Vincent lui remua le bras et lui demanda :

— Tu t'endors, p'tit Alain ?

— Oh non ! on est bien...

– Il est gentil après tout, ce gosse ! dit la femme.

Les hommes se regardèrent un instant pendant lequel la jeune femme et l'enfant se sentirent très « blancs ».

On fit promettre à Vincent de ramener l'enfant qui serra très dignement les mains de ses nouveaux amis. Deux d'entre eux l'accompagnèrent même jusqu'à la porte.

Là, Vincent prit la main d'Alain. Une sorte d'orgueil se montra sur son visage. Il avait envie de rire, de danser, de chanter, mais un protocole intérieur le lui interdisait. C'est d'un pas dansant qu'il remonta l'avenue, puis la rue, se penchant seulement de temps en temps pour regarder l'enfant blanc qui trottinait à ses côtés.

L'HOMME le plus fort du monde, c'est Charles Rigoulot ! affirma Grand Jack, qui lisait les journaux sportifs.

– Non, c'est Tarzan ! décréta Loulou.

Le môme Capdeverre se contenta de dire du bout des lèvres :

– C'est, bien sûr, le roi de la police montée !

Un autre fit claquer son fouet :

– C'est Zorro !

Grand Jack les toisa :

– Tas d'œufs ! Tous ces types-là n'existent pas !

Les enfants le regardèrent avec pitié.

– Tu ne dis rien toi, train-train ?

C'était le nouveau surnom d'Alain, venu sans doute après bien des voyages de la finale de son prénom. Alain leva les épaules :

– Tout ça est sans intérêt !

131

— Ma parole, il devient crâneur ! dirent les autres. Quel prétentieux !

— Bon, bon... si vous voulez. Mais l'homme le plus fort du monde, je le connais.

— Qui c'est ?

— Voilà !

— C'est toi, peut-être ?

Et Grand Jack lui effleura les lèvres d'un revers de main dédaigneux.

— Tartignolle va ! murmura Alain. Je sais qui c'est, mais ça ne vous regarde pas.

— Il peut soulever cent kilos ? dit Loulou.

Alain ne répondit même pas.

— Il pourrait tuer un bœuf d'un coup de poing, arrêter un cheval dans sa course avec ses mains ? questionna Capdeverre.

Alain éclata de rire.

— Un « bourrin » avec ses mains, ah ! ah ! c'est rien ça !

— Pauvre type ! fit Grand Jack.

— Quel « peau d'hareng », ce gars ! dit Capdeverre.

Ils lui tournèrent résolument le dos. Alain en prit deux par les épaules et leur glissa :

— Il empêche les autos de partir !...

— C'est un mécano ? dit Loulou.

— Quelle blague ! Il les tient avec ses mains et les tire en arrière.

132

Les autres furent subitement intéressés :

— Avec ses mains ?

— Avec ses mains !

— Il existe ? dit Grand Jack, c'est pas un truc de cinéma ou d'illustrés ?

Alain s'assit sur le bord du trottoir, posa ses mains sur ses genoux, fit une pause et, comme un notaire qui annonce un héritage, dit enfin :

— Eh bien oui, les gars ! Il existe !

— Tu le vois ?

— Ça arrive !

— Qui c'est ?

— Une relation, une simple relation.

— Mince alors, sans blagues ?

— De vrai !

— De vrai ?

— De vrai !

Grand Jack émit un sifflement entre ses dents :

— S'il fait ça, c'est considérable ! mais pour être le plus fort du monde...

Alain se leva et lui poussa l'épaule du bout des doigts, avança menaçant :

— Ça ne te suffit pas ? Qu'est-ce qu'il te faut peut-être ? Qu'il soulève les maisons ? Qu'il déménage les églises ?...

Il recula, cracha par terre et lui jeta avec tout le mépris possible :

— Pauvre cloche !

L'autre en fut sidéré et s'éloigna en posant ses pouces sur ses tempes et en remuant les autres doigts. Il fit un pied de nez et jeta :

— Y'a des chauves-souris dans le beffroi !

— Raconte, Alain, firent les autres.

Alain leur sourit, les prit par les épaules et commença :

— Je ne peux pas vous dire qui c'est ! mais il arrête les autos, les lions et les éléphants. C'est lui qui boit toujours du pétrole enflammé. Il n'a peur de rien...

La légende bientôt remplaça l'histoire.


Au troisième appel, Alain voulut bien dîner. Ce soir-là, ce fut lui le chargé de popote et c'est trois boîtes de cassoulet qu'il fit cuire. La mère ajouta des câpres et du poivre.

Vincent lisait son journal. Il avait sorti pour cela des lunettes aux verres presque neutres. Elles lui donnaient un air sévère et la mère ne se faisait pas faute de le taquiner. Il répondait par un sourire doux et lointain. De temps en temps, il levait les yeux et regardait Alain de côté. La mère mangeait une bouchée et repartait surveiller sa buvette.

– Tout va bien ? demandait-elle à la mère Étienne.

– Oui, les verres sont encore pleins.

– Quelle patience il faut avoir ! constatait Vincent.

– C'est le commerce, que veux-tu !

A leur retour, les deux complices avaient été interrogés et Vincent avait répondu aux questions avec le même enthousiasme manifesté par Alain quelques instants auparavant. Le regard de l'homme, en parlant, guettait une confirmation de l'enfant, mais ce dernier en présence de sa mère retrouvait sa froideur. La première explosion passée, il constata seulement :

– Oui, on s'est bien promenés !

Il n'avait nulle envie de lui faire des confidences sur leur emploi du temps. La petite muraille se dressa de nouveau entre eux. La mère observait Vincent qui épiait l'enfant et l'enfant regardait ses doigts.

Quand la femme retournait vers son comptoir, Vincent tournait une page de son journal, se penchait un peu comme pour dire quelque chose, mais chaque fois, avant qu'il ne s'y décidât, la mère revenait, mangeait une bouchée et prononçait une parole dont le bruit n'était qu'un petit tremplin les rejetant dans le silence.

Enfin, ce fut Alain qui le rompit. Il prononça seulement avec sérieux :

— C'était bien, le film !

Vincent, avec volubilité, enchaîna :

— Les chevaux couraient bien ! et il fit claquer sa langue.

Alain secoua la tête et d'un ton suffisant :

— C'était un excellent film !

Vincent but, ce qui lui permit de transformer ses claquements de langue en un autre bruit. Par mimétisme, Alain but aussi.

— C'est drôle, fit Vincent, tu mets ton nez dans ton verre pour boire !

Alain effaré posa son verre, le reprit et essaya de boire comme on le lui indiquait.

Il renouvela son expérience plusieurs fois sans succès. Vincent dit en riant :

— Bien sûr, on ne peut pas boire autrement. Tout le monde met son nez dans son verre pour boire.

— Ça alors !... murmura l'enfant étonné et ravi d'une telle constatation, je vais le dire aux copains.

— Y'a que les bébés qui ne mettent pas leur nez dans leur verre pour boire ! plaisanta Vincent.

— Que dites-vous ?

C'était la mère qui revenait. Vincent lui dit :

– Oh rien, c'est rien !

Mais Alain voulut expliquer, s'embarrassa, si bien qu'elle ne comprit pas et se fâcha :

– Tu dis des bêtises. Allons ! mange...

Alain obéit en regardant de temps en temps son verre et aussi le bout de son nez en clignant des yeux.

– As-tu fini de faire le singe ? demanda la mère.

L'enfant pensa qu'elle ne comprenait rien et qu'une nouvelle explication serait trop longue ; il se tut. Depuis longtemps, il avait résolu de ne pas expliquer ses gestes quand on les interprétait mal.

Vincent frotta ses yeux comme s'il avait très sommeil. Voyant qu'Alain le regardait, il cligna de l'œil et dit :

– Le punch, ça fait dormir !

L'enfant ne répondant pas, il ajouta avec une nuance de reproche :

– Tu parlais beaucoup plus au petit bar !

Alain secoua la tête, puis, agacé, alla vers la boutique s'asseoir à sa place habituelle, sur son sac de légumes secs.

Une diseuse de bonne aventure entra. Elle portait des anneaux aux oreilles et les tissus bariolés flottaient autour d'elle. Elle prit la main de chacun en promettant avec naïveté de ne prédire que de bonnes choses. Elle retourna celle du père Biscot, ce qui donna prétexte au vieux marcheur de contempler la gorge brune. Mais il refusa poliment, en levant deux doigts, comme lorsqu'on écarte une bouteille trop vive à vous servir. La mère l'évinça en disant :

— La Bonne Aventure, elle est au bout d'une perche !

Cela fit rire chacun, même Alain qui chercha pourtant la signification de la phrase, sans succès.

La romanichelle commanda un vin blanc, l'avala et, pour se venger, sortit en courant, sans payer. La mère prit le verre en hochant la tête et le rinça plusieurs fois, comme si une bête enragée venait d'y boire.

— Quelle saleté ! dit le père Biscot, qui voulait se rendre agréable.

— Oui, répondit la mère. Ces gens-là, il faut s'en méfier comme de la peste. Ils volent tout ce qui leur tombe sous la main.

La mère Étienne crut bon d'y aller de sa petite histoire et conta celle des enfants volés, laquelle tourna vite au mélodrame. Alain écoutait, ravi et rassuré. Il se sentait tellement hors de portée, tellement capable d'accomplir en pareil cas mille exploits pour se tirer du danger...

La petite Italienne entra et, précipitamment,

138

Alain fit couler une poignée de haricots blancs d'une main dans l'autre. La fillette sortit une bouteille d'un filet et demanda deux mesures de rhum ; elle ajouta en coulant un regard vers Alain :

– C'est pour mon père !

Pendant que la commerçante préparait la commande dans la mesure en étain, la petite Italienne vint vers son camarade :

– Bonjour, dit-elle.

– Bonsoir, rectifia Alain.

Après un long silence, la petite constata :

– Tu n'es pas très bavard !

Et Alain sèchement :

– C'est comme ça !

– Tiens petite ! dit la mère. Ton père paiera ?

– Oui, m'dame.

– On ne le voit plus : que fait-il ?

– Il ne fait rien : il a attrapé une mauvaise maladie...

Elle coula un regard horriblement fripon vers le père Biscot, qui en avala sa salive. Puis elle remercia, offrit le rituel « Au revoir messieurs-dames », et désignant Alain lança à la canto-nade :

– Ce qu'il est timide, ce gosse !...

– De quoi ? fit Alain furieux.

139

Mais tout le monde riait de la boutade de la fillette.

— Elle est méchante, je ne lui ai rien fait ! murmura l'enfant.

— Tu ne connais pas encore les femmes ! lui jeta Vincent, apparaissant dans l'embrasure de la porte.

— Et toi, tu les connais ? questionna la mère pour plaisanter.

Vincent eut un grand rire et vint serrer les mains des habitués.

Alain se sentit seul et se contenta d'observer les autres de son petit coin.

Le père Biscot complimenta le nègre sur sa carrure. Ce dernier écarta les épaules, fit toucher ses biceps et ingénument se montra vaniteux :

— Moi aussi, j'étais costaud ! dit le père Biscot. Petit, mais nerveux !... Se méfier des petits... Y'en a encore !... Touchez cela, monsieur Vincent.

Vincent enfonça son pouce dans les petits bras du père Biscot, qui fit « Aïe ! » et qui ajouta bien vite :

— Hein ? Y'en a !

Alain observa que la mère regardait avec inquiétude le spectacle. Elle craignait que Vincent, avec sa trop grande franchise, ne vexât son fidèle client. Mais ce dernier n'écoutait même pas les réponses. Il se dressait, comme un petit coq sur son tas de fumier.

— J'suis pas gros, mais si je vous en donnais un, vous le sentiriez quand même !

Pour toute réponse, Vincent quitta sa veste, mit ses mains derrière son dos, gonfla sa poitrine et, regardant le vieux, lui dit :

— Frappez tant que vous pouvez sur ma poitrine, pour voir !...

Le père Biscot, ne le voyant pas belliqueux, prêt seulement à encaisser, se mit à rire et frotta son poing avant de frapper.

Les yeux d'Alain s'allumèrent, mais la mère intervint :

— Allons, allons, pas de ça : jeux de mains, jeux de vilains !

Alain dit en même temps que Vincent :

— Laisse !...

Le père Biscot frappa plusieurs coups. Vincent, les mains derrière le dos, en se dandinant, jetait sa poitrine au devant des poings.

Le père Biscot quitta sa casquette des « Galeries » et frappa encore. Sous l'effort, il tituba. Vincent le retint, l'aida à se rasseoir et remit sa veste après s'être frotté la poitrine.

— Ça fait circuler le sang !

Le père Biscot rajusta sa casquette et dit d'un ton condescendant :

141

– Je n'ai pas voulu y mettre toute ma force !

Alain pensa qu'il mentait et qu'il n'était qu'un petit bonhomme de rien du tout. Il le regarda dédaigneusement et se tourna vers Vincent qui lui dit :

– Tu as vu ? c'est du billard !

Alain renifla et fit oui de la tête. Il ne voulut pas parler. La bouche ouverte, il n'aurait pu refréner les cris de son enthousiasme.

– C'est malin ! dit la mère en lui caressant la poitrine, cependant que la mère Étienne pensant à son vieux répétait :

– Ah quel homme ! ce Vincent, quel homme !...

Elle sortit et à la porte rencontra Lucienne, la belle rousse.

– Ce n'est pas moi qui vous fais partir ? dit cette dernière.

La mère Étienne jeta quelques mots et disparut.

Lucienne dit d'une voix rocailleuse :

– Bonjour, tout le monde !

Elle se dirigea vers Alain qu'elle embrassa comme toujours, sur le coin de la bouche.

– Il m'affole, votre gosse, dit-elle à la mère.

Elle cligna de l'œil vers Vincent. Celui-ci fit semblant de ne pas la voir et se dirigea vers l'arrière-boutique.

— On ne te voit plus, dit la mère.

— L'amour, l'amour..., chantonna Lucienne, en exécutant un pas de valse.

Elle tapota la joue du père Biscot et l'embrassa sur le bout du nez.

— Allons, allons..., bougonna ce dernier.

Lucienne s'accouda au comptoir et la bouche contre l'oreille de la mère chuchota interminablement.

Alain regretta de ne pas entendre et le père Biscot encore plus...

Quand elles eurent fini de parler, elles se mirent à rire comme de petites folles et la mère jeta :

— Que les hommes sont bêtes !

— Merci ! fit le père Biscot vexé.

— Merci aussi ! fit Alain par imitation.

Bien mal lui en prit :

— Comment, tu es encore là ? dit la mère, et pointant un index terrible vers l'arrière-boutique : au lit !

Alain se leva de mauvaise grâce, serra la main du père Biscot, embrassa sa mère, tendit sa main à Lucienne qui se pencha et l'embrassa encore sur les yeux.

Vincent à son passage le retint par le bras et avec d'infinies précautions, avec une extrême pudeur, effleura ses cheveux avec ses doigts.

Alain plissa un peu le front et prononça :
— Bonne nuit m'sieur !
Vincent rectifia avec un doux sourire :
— Bonne nuit... Vincent.
Et l'enfant, d'une voix douce contrastant avec la dureté qu'il donnait volontairement à son visage :
— Bonne nuit, Vincent !
Le sourire de l'homme s'élargit ; il regarda trotter le curieux petit animal, plongea ses deux mains dans sa chevelure noire et se gratta en écartant ses longs doigts.
— Tu as l'air bien heureux ? dit la mère en entrant.
Vincent en donna la raison :
— P'tit Alain est très gentil.
Mais la femme se chargea bien vite de le détromper :
— Je crois surtout qu'il est gentil quand il veut bien. Si tu ne l'avais pas emmené au cinéma, tu n'aurais pas eu tant de succès...
Et comme il protestait, elle continua en s'échauffant un peu :
— ... J'ai surtout peur qu'il ne soit un hypocrite. Y'en avait pas mal dans la famille de son père. Par-devant, il te fait des sourires et quand tu tournes la tête, il te regarde avec froideur, comme s'il te méprisait !

Son amant enfonça un morceau d'allumette dans ses dents et ne parvint pas à dissimuler son désappointement. La mère ajouta pour conclure :

– Petit à petit, tu arriveras peut-être à l'apprivoiser, mais ce sera long !

Vincent se versa une rasade de mascara et comme la femme s'asseyait sur ses genoux, il lui caressa distraitement l'oreille, avec un air lointain et triste.

– Tu n'es pas un peu nerveuse ce soir ?

– Je croyais que vous n'alliez plus rentrer. J'étais seule avec les clients. J'avais peur qu'il vous soit arrivé quelque chose...

Alain se donna la joie rare d'aller attendre ses camarades à la sortie de l'école. Il demanda l'autorisation de bien se vêtir et, après avoir sacrifié beaucoup de temps à sa toilette, se dirigea d'un pas dansant vers la rue de Clignancourt.

A la sortie, le directeur était toujours là et, très grave, regardait passer les enfants devant lui, deux par deux. Auparavant, on les réunissait dans le préau afin de les diviser en trois groupes : ceux qui traversaient la rue, ceux qui longeaient le mur de l'école ; enfin ceux, assez rares, que leurs parents venaient chercher. Alain, ce soir-là, se mit auprès des parents puisqu'il attendait ses camarades. Les mères se retournèrent pour le regarder et il se sentit un peu gêné d'être avec elles, là, c'est-à-dire de l'autre côté de la barricade.

Il entendit les coups de sifflet qui à l'intérieur préludaient à la sortie des écoliers : un coup pour que les enfants se répartissent, un deuxième afin qu'ils fassent silence au moment de partir, puis plusieurs petits coups pour que les rangs s'ébranlent en bon ordre.

Il vit le concierge ouvrir la porte, le directeur s'approcher ; il attendit un moment, le souffle coupé comme si un grand événement allait se produire.

Les premiers enfants apparurent et s'accrochèrent aux bras des mères, leur contant des histoires. Certains déjà mordillaient la tartine de confiture rapidement sortie du sac en papier par la femme.

La rue, si calme auparavant, commença à vivre. L'agent de police, planté droit, interdit de son bâton le passage à d'illusoires véhicules et le rang qui traversa défila devant lui comme devant un général ! Les maîtres guidaient les enfants avant de les laisser s'envoler par les rues, à grands cris.

Alain fit de nombreux signes. Ceux qui le connaissaient bien lui disaient au passage : Salut !

Il répondait « Salut ! » en portant ses doigts à sa tempe, comme un militaire.

D'autres le regardaient seulement avec la curiosité qu'on peut avoir lorsqu'on reconnaît un visage entrevu il y a de très nombreuses années.

Ceux de la rue étaient dans le dernier rang. Loulou portait une gibecière en carton-pâte, de celles noires et brillantes qu'on accroche à son dos comme un havresac. Il ennuyait tout le temps ses camarades pour qu'ils l'aident à l'accrocher, ce qui lui coûtait des billes. Alain lui dit, avec des yeux brillant d'amitié :

– Salut gars !

Loulou, fier de connaître un type qui n'allait pas à l'école et ne portait pas le tablier noir à liseré rouge, regarda ses camarades de classe avec orgueil et se jeta presque dans les bras d'Alain. Il lui tapota le dos, mais déjà celui-ci guettait l'arrivée de Capdeverre et de Grand Jack. Elle ne tarda pas.

Capdeverre, penché en avant, maintenait de ses bras son cartable sur ses reins. Grand Jack, un peu goguenard, balançait sa serviette sans

147

craindre d'en frapper au passage les jambes de ses camarades.

Alain eut à peine le temps de les accueillir. Déjà, son maître d'école qui les suivait le prit par le bras et, le regardant droit dans les yeux, lui dit :

— Alors, décidément, ta mère ne peut pas te laisser venir à l'école ?

— Oh si, m'sieur, mais elle a été malade et elle est toute seule !

— Je sais bien que ta maman est veuve, et qu'elle a beaucoup de mérite, mais plus tard elle regrettera peut-être d'avoir un fils ignorant. N'oublie pas de le lui dire... et qu'à la rentrée d'octobre, tu sois un peu plus assidu ! Tu es un bon garçon, que diable !

Alain rougit, murmura : « Oui, m'sieur », et serra la main qui lui était tendue.

Il revint vers les autres qui l'attendaient un peu plus loin, stupéfaits :

— Dis donc, il t'a serré la main...

Chacun s'étonnait de ce geste peu coutumier. Comme Alain semblait tout contrit, Grand Jack lui dit :

— Tu en fais une tête. Il te dit que tu es un bon garçon, il te serre la main et tu boudes !

Alain secoua brusquement la tête et son sourire resplendit :

148

– Non, les gars, ça va ! Qu'est-ce que vous faites à l'école ?

Les autres lui répondirent qu'ils ne faisaient rien, et comme les vacances étaient proches, que le maître leur permettait de lire des illustrés et que, même, il leur racontait des histoires.

Il les écoutait bouche bée. Petit à petit, les conversations se poursuivirent sans qu'Alain y participât et ils parlèrent de faits, de gestes et de jeux étrangers à l'enfant. Il soupira, remua un peu, essaya de prendre Loulou et Capdeverre par les épaules pour attirer leur attention. Rien n'y fit. Le premier intérêt passé, il devenait un personnage insignifiant, n'étant au courant de rien de ce qui les intéressait. Alors, il leur dit en tapant sur sa poche :

– On ne fait pas une partie de billes ?

Grand Jack le toisa dédaigneusement :

– Nous ne jouons plus aux billes à l'école ! La mode, c'est de jouer à la puce.

– Qu'est-ce que c'est ?

– Si tu venais à l'école, tu le saurais !

– Oh ! dites-le-moi !

– La barbe, train-train, lui jeta Capdeverre, et ils repartirent en se contant de nouveaux exploits.

Alain se laissa dépasser. Subitement, il se mit à courir et les bouscula au passage. Embarrassés par leurs cartables, ils ne purent opposer aucune défense et ce furent des cris et des jurons qui accompagnèrent Alain dans sa fuite. Il put voir en se retournant Grand Jack qui lui montra son poing. Cela ne lui fit aucune peur. L'esprit tout à ses mythes d'enfance, aux héros et surhommes qu'il entrevoyait, il ne pouvait craindre personne.

Quand il pénétra dans la boutique, un grand jeune homme blond se tenait près du comptoir. Alain lui jeta un regard et timidement fit :
— Bonjour, m'sieur !
L'homme avala une rasade de bière, posa son verre et ouvrit une main d'une largeur impressionnante. Il l'approcha d'Alain et celui-ci instinctivement recula. La main arriva jusqu'à son cou, l'enveloppa et donna deux ou trois petites tapes amicales. Alain sourit. L'homme secoua la tête plusieurs fois, mais ne parla pas.
« Il doit être muet », pensa Alain. Il rejoignit sa mère dans l'arrière-boutique. Elle lui chuchota :
— Va t'asseoir au comptoir. Moi, j'ai à faire. J'aime mieux qu'il y ait quelqu'un quand un étranger est là. Il ne faut pas le laisser seul !
Elle ajouta d'une voix chuchotante :

— Je crois que c'est un Hollandais !...

Alain fit un « oh ! » de surprise. Il n'avait jamais vu un Hollandais.

Il alla s'asseoir derrière le comptoir sur le tabouret, après avoir pris un morceau de pain et du chocolat.

Le Hollandais semblait curieux. Il regardait tout ce qui l'entourait, depuis les étiquettes des bouteilles jusqu'aux verres alignés, aux mesures d'étain. Plusieurs fois, il passa ses doigts sur le rebord du zinc, avec un regard émerveillé.

Il montra une bouteille et dit :

— Skidam ! en clignant des yeux et en pointant son index sur sa poitrine.

Il répéta :

— Skidam, Néderland, oui... oui...

Alain prit la bouteille, mais l'étranger fit signe de la main qu'il n'en voulait pas.

Quand l'enfant voulut reprendre son pain, il s'aperçut que le Hollandais en avait extrait un morceau de mie qu'il pressait entre ses doigts. Il sourit à Alain. Celui-ci pensa qu'il avait faim et lui tendit un tout petit morceau de son chocolat. L'homme éclata d'un grand rire et plusieurs fois dit : « Non ! non... »

Il fit une boulette avec la mie de pain et sortant une boîte d'allumettes de sa poche, confectionna un petit animal qu'il posa sur le zinc en faisant « bê, bê »... Alain inclina la tête pour montrer qu'il avait compris et regarda le petit mouton qui venait de naître.

Le Hollandais fit signe à Alain de lui redonner du pain. L'enfant se précipita à la cuisine et quand il revint s'aperçut que Vincent entrait.

Vincent regarda le Hollandais et dit « bonjour ». Le Hollandais répondit dans sa langue. Ils en seraient restés là si Vincent n'avait regardé en souriant le petit mouton posé sur le zinc. Le Hollandais fit de la tête un signe indiquant que ce n'était pas très sérieux de la part d'un homme d'avoir de telles occupations.

Vincent prit le pain des mains d'Alain et à son tour arracha un peu de mie. Il la tendit ensuite au Hollandais et les deux hommes se mirent à confectionner ensemble de petits moutons.

Le Hollandais créa un berger dont la houlette fut une allumette. Alain confectionna un petit serpent, qu'il plaça là, sachant bien que son travail était indigne du reste.

Quand la mère revint vers le comptoir, elle les vit tous les trois riant comme des enfants. Elle essaya de rire aussi, mais ne trouva pas leur spontanéité. Ils riaient encore quand le Hollandais paya.

Il tapota la joue d'Alain. Vincent lui tendit

la main, et il y tapa avec un geste large. La main blanche et la main noire se serrèrent un bon moment, cependant que les mains restées libres frappaient les épaules. Ils se tinrent ainsi longuement, puis le Hollandais fit signe à Alain de garder le petit troupeau. Il traça de la main de larges gestes d'adieu auxquels Vincent répondit aussi largement.

La bonne humeur avait ainsi pénétré dans la boutique. Alain observa que pour cela on n'avait pas eu besoin de parler.

Lucienne passa devant la boutique sans entrer. Depuis quelques jours on la voyait moins. Son mari était en congé et elle se devait à lui. Comme il n'avait pas une situation compatible avec la fréquentation des bistros, Lucienne s'abstenait.

L'enfant écrasa son nez contre la vitre et regarda la rue avec mélancolie. Les copains jouaient près du plombier zingueur aux noms de métiers. On disait la première et la dernière lettre du nom choisi et que les autres devaient découvrir.

– S ...... R
– Sculpteur !
– Serrurier !
– Non ! Cherche encore !

Il n'y avait pourtant pas à se tromper. Le

métier affectionné des enfants était « scaphan-
drier ». Un jour, un grand avait rendu le jeu
très difficile en indiquant :
— A ...... E
Comme aucun ne trouvait, il parla des étoiles
et Alain cria :
— Astrologue !
L'autre répondit :
— Non, c'est astronome !
Plus tard, on avait joué aux noms de pays :
— N... W-Y... K
Les autres n'avaient pas trouvé. Et Alain, très
fier, avait indiqué la grande ville des États-Unis.
Le fils Perrez qui était toujours le premier en
classe avait affirmé que le jeu était instructif.
Pourtant, il ne trouvait pas mieux les réponses
que les autres.
— M ...... R et il y a quatre A dedans !
— Malabar !
— Non, il n'y en a que trois !
Tout le monde avait cru à une blague. Alors
Alain avait indiqué :
— Madagascar !
On avait ri encore plus car à l'école, un mau-
vais plaisant disait toujours : « madame Gas-
pard. »
Les tout-petits n'aimaient pas ce jeu.
Alain vit encore Samuel qui passait, pendu à

la main de sa mère, regardant avec envie les autres enfants qui, eux, étaient libres.

— Pauvre petit vieux ! pensa Alain en jetant à travers la vitre un regard méprisant à la mère. Il lui tira la langue mais rencontra le froid de la vitre. La femme ne s'aperçut de rien.

Comme il était seul à la boutique, il alla au siphon et fit jaillir l'eau gazeuse dans sa bouche. Madame Denise entra à ce moment. Il posa précipitamment le siphon et toussa :

— C'est du propre ! fit la femme, les clients boiront après toi...

Alain sortit son mouchoir et essuya le bec du siphon.

Madame Denise dit : « C'est bon ! » et il comprit qu'elle ne le « cafarderait » pas.

Pour plus de sûreté, il se pencha vers l'arrière-boutique.

— Ne te dérange pas maman, je sers !...

Il prononça « je sers » avec beaucoup de noblesse.

Denise demanda des nouilles, Alain énuméra :

— Lustucru, La Lune, Bozon, Buitoni...

La femme réfléchit et dit :

— Et puis non ! Donne-moi quatre œufs à la coque.

Alain mit les œufs dans un petit sac et fit la multiplication, qu'elle vérifia avant de payer.

Quand elle fut sortie, Alain une fois de plus s'interrogea sur l'expression « à la *coq* », qui lui semblait impropre puisque c'est les poules qui pondent les œufs. Comme il orthographiait C.O.Q., cela lui semblait curieux. Il conclut que là encore le masculin l'emportait sur le féminin et que M. Coq prenait la gloire du travail de madame Poule.

Il s'amusa à déplacer les feuilles de papier sulfurisé, contempla le fil à couper le beurre et pensa à son inventeur dont on parlait tout le temps.

Quand il regagna l'arrière-boutique, sa mère était assise sur les genoux de Vincent. Tous deux firent un petit mouvement pour se séparer, mais demeurèrent un instant dans cette position.

Alain alla directement à sa boîte à jouets et en sortit un morceau de bois dans lequel étaient plantés deux clous. Il tendit entre eux un élastique pour que le tout ressemblât à un bateau.

Vincent le regarda faire sans mot dire, tandis que la mère tournait une sauce au roux dans sa casserole.

— Il n'y a personne à la boutique ce soir ! remarqua-t-elle.

— Tant mieux ! dit Vincent.

– Oh, oui alors ! fit Alain.

– Tiens, tu retrouves ta langue ! dit la mère
à ce dernier.

L'enfant posa son morceau de bois et alla
chercher son livre de lecture. Il le parcourut un
moment puis s'avisa qu'il en connaissait tous
les textes. Il le reposa en soupirant.

– Tu m'agaces ! dit la mère. Dresse le couvert !

Alain répartit les assiettes. Vincent fit un
petit merci quand il posa la sienne. Il ajouta :

– C'est gentil de m'avoir mis celle aux
« pigeons ».

Alain ne répondit pas et pensa qu'il ne l'avait
pas fait exprès. D'ailleurs, il avait horreur des
deux pigeons qui, sur l'assiette, s'aimaient
d'amour tendre. Il préférait celle du lion devenu
vieux.

Le silence qui suivit fut brisé par la mère qui
parla de tout et de rien. Elle était allée chez le
coiffeur dans l'après-midi et avait lu des revues.
Elle parla des « stars », des « mannequins », des
films à la mode et même du Bal des Petits Lits
blancs.

Elle fit renaître une sorte d'entrain et le repas
fut gai. Alain ne parlait pas beaucoup, mais ses
yeux brillaient et il regardait sa maman avec
amour. Elle semblait redevenue comme lorsqu'il

était tout petit. Brusquement, il se leva et après s'être essuyé la bouche, alla l'embrasser avec tant de douceur qu'elle lui rendit son baiser en lui disant d'une voix câline :

— Tu es très sage !

— Oh oui, fit Vincent, il est très sage !

La mère répéta :

— Non, décidément, il n'y a pas beaucoup de clients, même pas les habitués !

— Chouette ! dit Alain, tandis que Vincent approuvait en balançant son buste.

— Ça ne fait pas les affaires ! affirma la mère d'une voix un peu autoritaire.

Ils se turent.

Alain, au bout d'un moment, demanda :

— C'est vraiment laid d'être ignorant ?

La mère ne répondit pas. Vincent dit :

— Oh oui, plus on connaît de choses, mieux cela vaut et plus on est fort !

— Vous êtes allé à l'école jusqu'à quel âge ?

Le nègre fit un geste vague pour indiquer la taille qu'il aurait pu avoir. En réalité, il n'avait pas été régulièrement à l'école et le hasard avait été pour beaucoup dans son instruction. Il ferma les yeux et se souvint des cahiers où déjà, presque un homme, il avait aligné chiffres et lettres en tirant la langue et en disciplinant ses longs doigts, aussi fins que son porte-plume. Il sourit.

La mère lui jeta un regard soupçonneux et demanda :

— Où as-tu passé l'après-midi ?

Vincent se mit à rire et répondit :

— Si tu me le demandes, je ne le dirai pas !

— Méchant ! fit la femme boudeuse, dis-le-moi va ! Je ne te le demanderai plus...

Devant tant de bonnes raisons, Vincent céda :

— J'ai été aux courses !

— Seul ?

— Avec Mahohé ! Pourquoi ?...

Là, le regard de Vincent se fit un peu dur. Il n'aimait pas qu'on essayât de porter atteinte à sa liberté.

— Oh pour rien ! assura la femme, et elle l'embrassa sur la tempe.

Alain pensa tout d'abord qu'il ne comprenait pas qu'on pût éprouver un plaisir quelconque à toujours embrasser ce visage noir. En tout cas, l'idée ne lui en serait jamais venue.

Une question lui brûlait les lèvres, une question qu'il n'osait pas poser. Parfois, il éprouvait le désir de parler à Vincent, mais un petit mur se dressait toujours. Même quand il le franchissait, au bout de quelques instants la conversation tombait, le mur se dressait de nouveau et Alain se cachait derrière lui, tandis que Vincent, maladroitement, essayait de le rejoindre sans y parvenir.

Alain éprouvait l'impression, chaque fois qu'il se livrait et bavardait en confiance avec le nègre, qu'il devenait son prisonnier et aussi qu'il n'était pas fidèle au comportement que sa conscience très vaguement lui dictait.

Pourtant, un autre sentiment se dessinait. Parfois, il éprouvait un remords et se demandait s'il n'était vraiment pas trop méchant. C'est à ce moment qu'il sautait le petit mur.

La curiosité fut une aide précieuse pour en arriver là. Il sauta et, arrivé de l'autre côté, les mots se pressèrent à ses lèvres :

— Les courses, c'est des chevaux ?

— Bien sûr !

— Et le P.M.U. qu'est-ce que c'est ? c'est pas des chevaux ?

— Non, c'est la société qui prend les paris.

— Mais, pourquoi est-ce au café ? on ne voit pas les chevaux...

Devant une telle logique, le nègre rit puis donna les explications souhaitées. L'enfant ne comprit pas bien et bientôt le P.M.U. ne l'intéressa plus. Il revint au champ de courses.

— Ils « cavalent » bien ?

Vincent répondit à toutes les questions et la

magie naquit lorsqu'il parla de « cracks », de « toquards », de « books », de « favoris ».

Des chevaux galopèrent dans la tête de l'enfant qui, joignant les poings comme pour tenir des rênes, imita le jockey :

— Tagada, tagada, tagada !...

Quand il fut essoufflé, Vincent continua en claquant la langue de plus en plus lentement, jusqu'à ce que le cheval exténué s'arrêtât...

La mère secoua la tête, s'assit un instant et, passant une main lasse sur son front, murmura :

— Ah, je suis fatiguée, fatiguée...

Alain débarrassa la table. Vincent lui tendit un à un verres, assiettes et couverts.

La mère dit encore :

— Oh ce n'est rien, ça passera !...

Vincent se leva et alla lui chercher un verre d'alcool qu'elle repoussa avec une moue de dégoût. L'homme y posa ses lèvres et le liquide disparut.

La mère resta un instant immobile et, se levant, déclara :

— Ce n'était rien. C'est fini.

— Repose-toi encore un peu, conseilla Vincent.

L'enfant renchérit :

— Va te coucher maman, je fermerai...

La mère lui répondit un peu brusquement :

161

— Je te dis que c'est fini !

Alain n'insista pas et Vincent non plus.

Le silence retomba. Il faisait un peu lourd. Le nègre quitta sa veste, puis la remit et déclara :

— Je vais chercher des cigares !

— Il y en a encore un dans le tiroir, dit la mère.

— Il me faut aussi des allumettes suédoises !

Le nègre sortit. La femme dit à l'enfant :

— Embrasse-moi et va au lit !

— Oui, m'man, ça va mieux ?

Elle ne répondit pas à sa question :

— Prends une bouchée à la boutique et va au lit !

L'enfant l'embrassa et disparut dans sa petite chambre.

Quand la porte fut refermée sur lui, elle se laissa tomber sur une chaise et, les mains posées sur ses genoux, attendit que sa fatigue tombât, comme si elle avait pu perdre en quelques instants les années qu'elle avait de trop.

Elle pensa à tout ce qu'elle devait faire en plus depuis que Vincent vivait là. Elle regarda le verre vide avec dégoût. Une expression d'amertume envahit tout son visage. Des idées contradictoires la traversèrent et soudain. délaissant tout désir de coquetterie, elle laissa retomber sa tête.

Quelques boucles s'éparpillèrent. Son visage se fripa et elle commença à somnoler, à glisser, à glisser... affreusement.

Vincent la regarda comme Alain l'avait fait quelques instants auparavant. Elle ne l'avait pas entendu entrer. Il alla à la boutique retirer le bec-de-cane et éteignit la lumière.

Il s'approcha de son amie et, avant de la réveiller, la regarda encore. Puis, il prit le miroir. Il lui sembla curieux que l'image renvoyée fût la sienne. Il s'attendait à voir un autre visage moins jeune, moins viril.

Il soupira, fit un geste pour éveiller la femme, le termina en relevant ses boucles ; il eut pour elle un sourire de fils. Son poing droit frappa dans le creux de sa main gauche comme lorsqu'on maudit quelque gaffe. Il prit ensuite son menton dans sa main avec une attitude de penseur. Il haussa les épaules, ce qui voulait dire :

– Bien sûr, je me suis embarqué dans une histoire idiote, parfaitement ridicule... Comment faire maintenant pour m'en sortir ?

Son poing frotta sa bouche, son corps fit un mouvement de rotation et il se trouva devant la porte de la chambre d'Alain. Sa main se posa sur le loquet, revint contre son veston, tourmenta un instant le bouton selon un geste qui lui était coutumier... Après plusieurs hésitations, il se décida pourtant à ouvrir la porte, très lentement, en faisant le moins de bruit possible.

Alain ne dormait pas. Assis en tailleur sur son lit, il réfléchissait, tout seul, dans le noir.

La pensée lui était venue qu'il était là, qu'il existait là, qu'il était lui et pas un autre.

Ses plus longues méditations partaient de ce point. Il avait toujours pensé qu'un lion était un lion, qu'un cheval était un cheval, mais qu'il n'existait pas tel M. Lion ou tel M. Cheval. Tout à coup, tout s'écroulait et Vincent était l'auteur inconscient de cette transformation. Vincent, au début, était un nègre parmi d'autres nègres. Depuis qu'il le connaissait mieux, Vincent devenait de moins en moins un nègre et de plus en plus Vincent.

Ainsi, Mahohé et les autres, tous ceux du bar, se ressemblaient encore. Mais Vincent avait quelque chose à lui. Il ne savait quoi, une manière d'agir, d'être doux et fort à la fois. Enfin, il était Vincent.

La Cuistance, le père Biscot, Loulou, Grand Jack, Capdeverre, Anatole, la mère Étienne, Gastounet, le maître d'école..., tous ces gens-là aussi étaient eux-mêmes.

Alain pensa à tous ceux qu'il ne connaissait pas. Une fois, alors qu'il commençait à savoir compter, il avait résolu de compter, de compter « jusque loin », très loin... espérant qu'au bout, il n'existerait plus de nombres et qu'il aurait, en quelque sorte, vaincu la mathématique. Chaque soir, il avait essayé, mais s'était endormi en comptant. En grandissant, il s'était aperçu que cette histoire n'avait ni queue ni tête. Il l'avait exposée au maître, qui le lui avait fait mieux comprendre.

Il pensa qu'il en était ainsi pour tous les êtres, animaux, hommes... et il imagina difficilement qu'il existait des millions de millions de millions d'êtres possédant chacun une personnalité.

Cela lui sembla impossible. Toutes les mouches, au fond, se ressemblaient...

Il en était là quand la porte s'ouvrit. Ses yeux s'agrandirent de surprise. Il ramena le drap sur lui, mais ce geste était moins pour cacher sa poitrine nue que pour préserver les pensées qu'il croyait surprises.

Vincent s'approcha et s'assit sur un petit banc près du lit. Il entoura ses genoux de ses bras, sourit du mal qu'il avait avec ses un mètre quatre-vingts à s'asseoir sur un siège aussi bas.

— Tu ne dors pas ?

Alain répondit par un non qui voulait très exactement dire : « Non... et après ?... »

— Tu as raison, il fait chaud ! A quoi penses-tu quand tu es comme cela ?

Alain fit un geste vague. Vincent continua à le questionner :

— Tu penses à qui ? à ta maman ?

— Non ! répondit Alain.

Vincent prit ce « non » pour un « oui » et demanda :

— Tu voudrais qu'elle soit heureuse, n'est-ce pas ?

— Oh oui...

— Et moi, tu ne m'aimes pas ?

Alain sentit qu'il faisait très très chaud. Pourtant, il se glissa dans le lit et remonta le drap jusqu'à son nez. Il évita la question et dit très vite :

— Je pensais aux chevaux.

— Encore ? Tu les aimes donc tant que ça ?

— Aux chevaux, et puis aux éléphants, aux lapins, aux vaches, aux mouches...

— A l'Arche de Noé, quoi ?

Alain ne savait pas ce que c'était.

— Non, à tout le monde !

Il arrondit ses bras :

— Est-ce qu'on peut connaître tout le monde ?

– Non, bien sûr, ce n'est pas possible, il y en a trop !

Alain réfléchit. Il bougea un peu la tête et par trois fois répéta :

– Ah oui ! ah oui !...

Puis il posa une nouvelle question :

– Dans votre pays, tout le monde se connaît ?

– Comme ici, c'est partout pareil !

– Même quand les gens sont tous les mêmes... Par exemple, quand ils sont tous... noirs !

Le nègre fit « Tsss... tsss » en secouant la tête.

– Tu ne sais pas très bien où tu veux en venir ! Les blancs sont bien tous blancs et ils ne se ressemblent pas. Les hommes de couleur, c'est pareil, il y en a de toutes les sortes !

Alain laissa échapper un « ah ? » pas très convaincu, puis il poursuivit :

– Les Peaux-Rouges aussi se reconnaissent entre eux ?

– C'est pareil, j'imagine.

– Et les Chinois ?

– Aussi !

L'enfant voulait quand même avoir un petit peu raison :

– Mais les tigres, ils ne peuvent pas se reconnaître ?

– Bien sûr que si !

— Ah !

— Tu verrais Chouquette à côté d'un autre chien, tu la reconnaîtrais bien ?

— Oh oui, alors...

— Moi, tu me reconnaîtrais ?

— Bien sûr !

— Et ta maman ?

— Oh, ça...

Vincent écarta les doigts de chaque main et les tapa les uns contre les autres comme après un long exposé :

— Tu vois bien ! Ce n'est pas la peine de ne pas dormir pour si peu. Ta maman dort sur le fauteuil, tu vas t'endormir aussi !

— Et vous ?

— Je vais aussi me coucher.

Il se leva et remua un peu la main devant les yeux d'Alain. Cela fit quelques ombres dans la chambre à demi éclairée par la lumière de la pièce voisine. Alain chuchota :

— Attendez ! qu'est-ce que c'est : l'Arche de Noé ?

Vincent consulta sa montre, alla jusqu'à la porte, regarda la femme qui dormait toujours et revint :

— Tu n'as pas sommeil ?

Les yeux d'Alain étincelèrent :

— Oh non ! racontez-moi !

168

– C'est long ! fit le nègre, mais ça ne fait rien...

Et il commença son histoire :

– Un jour, Dieu se repentit d'avoir créé le monde. Il décida de noyer tout ce qui vivait sur terre : hommes, reptiles, oiseaux...

Vincent fit une légère pause, juste le temps de penser à son ami, le vieux nègre qui passait tout son temps à lire la Bible. Comme déjà Alain réclamait la suite, il continua :

– Dieu décida donc de noyer la terre pour qu'aucune vie ne subsiste, qu'aucun être portant la vie ne demeure sur la surface du globe...

– Il voulait tuer tout le monde ? interrompit Alain.

– Oui !

– Et pourquoi ?

– Parce que les hommes n'avaient pas été bons !

Alain fit la moue, comme pour dire : « Quand même, le châtiment est dur ! » puis, attentif, attendit la suite. Vincent poursuivit :

– Il fit grâce à Noé, qui était un vieillard juste et intègre, ainsi qu'à ses fils et à leurs femmes.

– Il était très vieux Noé ?

– Il avait six cents ans !

Alain leva son coude à hauteur du visage du nègre, il dit :

— Oh ?

— Oui, six cents ans !

— Et ses fils ?

— Eux, je ne sais pas leur âge.

— Mais ça n'était pas des vieux ?

— Non, des jeunes ! mais veux-tu me laisser continuer ?... Dieu permit à Noé de construire une arche, c'est-à-dire un grand bateau, et d'y faire entrer toutes les sortes d'animaux et d'oiseaux. Pour certains, plusieurs couples de chaque et pour tous les autres, un mâle et une femelle...

— Mais les oiseaux ? Ils ne peuvent pas se noyer, puisqu'ils volent au-dessus de la terre !...

— Il faut bien qu'ils se posent de temps en temps !

— Ils n'avaient qu'à se poser sur l'arche !

Le nègre prit un air embarrassé, puis trancha :

— Non, ils ne voyaient pas l'arche !

Il s'arrêta un peu pour réfléchir à la suite de cette histoire. Il prenait autant de plaisir à se la rappeler et à la raconter que l'enfant à l'entendre.

— Après ? fit Alain.

— Eh bien, après, il fit monter les animaux dans l'arche. Il y avait les éléphants, les girafes, les chevaux, les lions, les moutons, les oiseaux...

— Ils ne se mangeaient pas entre eux ?

— Oh, non, ils avaient trop peur. Donc, montaient les bœufs, les vaches, les lapins, les lapines, les papillons, les puces...

— Ah, aussi les puces ?

— Oui, enfin tous les animaux !

— Comme au Jardin des Plantes ?

— Bien plus encore ! Ils montaient deux par deux : le lion et la lionne, le chat et la chatte, le cheval et la jument, le crocodile et madame crocodile...

Alain se mit à rire et trépigna un peu.

— Après ?... Après ?...

— M. et madame Tortue, M. et madame Souris, deux par deux, comme au mariage... Le père Noé les comptait au passage et s'arrangeait pour qu'ils ne se bousculent pas. Il veillait à ce que la même sorte d'animaux ne passe pas deux fois. C'était un travail très important.

— Ça a dû être long ?

— Sept jours ! Pendant sept jours, des animaux sont entrés.

— Ça devait être plein là-dedans !

— Oui, mais il y avait plusieurs étages dans ce bateau !

Alain réfléchit un peu et dit :

— C'est une très jolie histoire ! mais est-ce une histoire vraie ?

— Je te le jure !

— Croix de feu, croix de fer, si je mens je vais en enfer ?

Vincent tendit la main et fit semblant de cracher.

— Je vous crois, dit Alain.

— Après les sept jours, les eaux se mirent à monter, très haut, très haut, plus haut que les montagnes...

— Plus haut que la Tour Eiffel ?

— La Tour Eiffel n'existait pas ! Mais bien plus haut encore ! Pendant quarante jours, la pluie tomba à torrents et pendant cent cinquante jours, la terre fut recouverte par les eaux. Tout ce qui vivait fut détruit, seule l'Arche de Noé flotta, ballottée par la tempête, avec tous ses occupants.

Alain joignit les mains :

— Comme les animaux ont dû avoir peur !

— Oh, sans doute ! mais Noé les rassurait et les caressait pour qu'ils se tiennent tranquilles et ne fassent pas chavirer le bateau. D'ailleurs, ils étaient sages et ne bougeaient pas.

— On avait choisi les plus gentils !

— C'est ça ! Les hommes et les animaux les plus gentils ! Quand Dieu se souvint de Noé et de son arche, il fit souffler le vent pour que les eaux s'évaporent, ce qui prit de longs mois. Petit à petit, les eaux se retirèrent...

— Et après ? fit Alain.

— Après justement, je ne me rappelle plus bien. Il faudra que je demande à mon ami qui connaît la suite...

— C'est dommage, vraiment, c'est dommage ! Vous lui demanderez demain ?

— Peut-être demain, peut-être après-demain.

— Oh, demandez-lui demain ! C'est tellement joli !

Vincent tapota la joue de l'enfant et lui dit :

— Oui, je le demanderai demain, tu vas bien dormir maintenant. Ne rêve pas trop des animaux et de l'Arche...

Alain fit signe que non.

Vincent le regarda comme pour guetter en ses yeux une douceur, une amitié, qui proviendrait d'autre chose que de l'histoire elle-même.

— Ah ! oui, dors bien ! Bonne nuit, Alain, et un baume coula en lui après qu'il eut entendu ces simples mots prononcés par une voix émerveillée :

— Bonne nuit... Vincent !

L'homme revint dans la pièce où la mère dormait. Elle n'avait pas changé de position. Il lui toucha légèrement le bras. Au premier contact, elle s'éveilla et se leva. Ses doigts frottèrent ses yeux et elle se précipita vers le miroir. Elle secoua la tête, ressentit un petit vertige et se retournant dit sur un ton faussement enjoué :

— Eh bien ! c'est la première fois que ça m'arrive. Quelle heure est-il ?... Déjà ! C'est stupide ! Il fallait me réveiller. Qu'as-tu fait tout ce temps ? Tu n'as pas fumé... Pourquoi ? Pour ne pas m'incommoder sans doute ? Oh, que tu es gentil ! Et moi qui dors pendant ce temps ! Et tu me regardes dormir... Oh, je ne devais pas être belle dans cette position ridicule...

Vincent soupira, un petit sourire s'esquissa et il fit « non non » de la tête. Il simula de chercher quelque chose dans sa trousse de toilette et elle-même, qui ne tenait pas à ce qu'il la regardât à ce moment, alla vers la chambre pour se préparer au coucher.

Vincent jeta un regard de côté et la vit s'éloigner, la démarche lourde. Il pensa à sa mère qui vivait en Afrique et il eut honte puis, songeant à Alain, il se demanda s'il « comprenait ». La réponse qu'il se donna fut négative, mais aussitôt une nouvelle question surgit : « Et quand il saura ?... » Puis il fit jouer sa lime à ongles et se sentit plus persuadé que jamais qu'il ne le saurait pas, en tout cas, pas avant très longtemps !

Quelques minutes passèrent, pendant lesquelles Vincent regarda ses mains. La gauche était, bien sûr, plus soignée que la droite. Il fit courir ses doigts comme une petite bête sur le bois du buffet et pensa aux animaux montant dans l'arche. Il sourit : comment s'y prendrait-il pour poser la question au vieux ? Et s'il lui demandait la Bible ? Oh non ! Le vieux lui ferait un sermon à sa manière et n'en finirait pas. Enfin, on verrait...

Une fois encore il cogna son poing droit contre la paume de sa main gauche, puis il pénétra dans la chambre.

Sa maîtresse était couchée. Il lui sourit et se déshabilla. Le corps magnifique se montra. Il ne passa pas au-dessus de la femme, comme il le faisait habituellement, mais grimpa à sa place par le bas du lit. La femme se retourna et le prit par le cou. Il l'embrassa sur la joue et lui ordonna :

— Tu vas dormir, maintenant !

Elle le regarda et se mit à pleurer. Sans qu'elle bougeât la tête, les larmes se mirent à couler. Vincent regarda ce visage immobile comme un masque tragique et que sillonnaient deux ruisselets. Il posa ses doigts sur les larmes et les écrasa. Ses mains remontèrent jusqu'au front et descendirent le long de la chevelure. Il embrassa les yeux mouillés comme il l'aurait fait à un enfant ou à une très vieille femme et reposa la tête sur l'oreiller.

Sa maîtresse sanglota et émit cette constatation déchirante :

— Je suis trop vieille pour toi !

Son amant ne nia pas. Il dit seulement d'un ton très raisonnable, un peu paternel :

— Tu dis des bêtises ! dors...

Il se pencha au-dessus d'elle et éteignit la lumière. Il se coucha sur le dos et croisa les mains sur sa poitrine pour s'endormir ainsi, tandis que la pièce était emplie de la respiration un peu rauque de celle qui venait de pleurer.

FIN juillet, la rue s'emplit de bruit. Les enfants plus agités que jamais criaient : « Vivent les vacances ! » Pour les uns, c'était trois mois à traîner les rues. D'autres attendaient le mois d'août pour partir en Colonies de vacances. « A la colo », disaient-ils.

Alain n'aimait pas beaucoup ça et cette histoire de « colo » lui répugnait particulièrement, au point même qu'il n'avait pas remis à sa mère la circulaire donnant toutes les indications pour faire partie du convoi. Il savait d'ailleurs qu'elle avait d'autres projets : ne lui avait-elle pas promis qu'il irait à la campagne ? et, pour lui, il existait une vraie différence entre « la campagne » et « la colo » ; il ne savait pourquoi, mais ce dernier mot lui faisait mal et évoquait un endroit très froid et très dur.

L'année précédente, sa petite camarade Annie en était revenue la tête tondue. « Par

177

hygiène » avait-on dit. Pour Alain, l'hygiène était ce qui rendait joli et quand la petite revint dans la rue, horrible, la tête tondue et plus laide encore quand les cheveux commencèrent à pousser, les quolibets ne lui furent pas ménagés.

Les garçons la poursuivaient en criant : « Oh la quille, oh la quille !... » Alain aussi avait participé à ces jeux, par entraînement. Il avait eu honte de sa conduite car lui-même avait souvent fait partie des « conspués ».

On jouait à la ronde en ce temps-là. C'était l'an passé, et depuis on avait changé plusieurs fois de jeux. On éprouvait pourtant un certain amusement à chanter :

« *Le Palais-Royal est un beau quartier. Toutes les jeunes filles sont à marier. M. Loulou est le préféré...* »

Là, on s'arrêtait un moment et on continuait :

« *... de mademoiselle Annie qui veut l'épouser...* »

Loulou riait et parlait de la « tondue ». La pauvre enfant s'enfuyait en pleurant...

Depuis, ses cheveux avaient repoussé, mais le surnom lui était resté. Elle le garderait quelques années jusqu'à ce qu'elle devienne une jeune fille dont la féminité effacerait tout.

Les enfants étaient très agités. Ceux qui partaient en vacances faisaient de longs commentaires que les autres écoutaient silencieux, les mains derrière le dos, avec un air faussement indifférent.

Le grand Anatole, que le Tour de France avait enfiévré, astiquait plus que jamais sa bicyclette. La chaleur commençait à peser et les garçons jetaient des coups d'œil hypocrites vers les corsages entrouverts des filles. Il semblait que le bourdon de la Savoyarde fût plus grave encore, plus lourd et que ses coups pussent assommer un homme chaque fois qu'ils résonnaient.

Les commerçants et les concierges arrosaient leurs pas de porte. Vers onze heures, quand l'employé de la Ville ouvrait l'eau sur les ruisseaux, les enfants assis sur le bord du trottoir y faisaient tremper leurs pieds et s'éclaboussaient mutuellement. Ensuite, ils jetaient leurs bateaux dans le courant et les suivaient, en criant, pour les arrêter avant la bouche d'égout.

Parfois, las de courir et de parler, accablés eux-mêmes par la chaleur, ils s'allongeaient en haut de la rue, sur les marches de l'escalier conduisant à la basilique. Les mères ayant elles-mêmes trop chaud pour leur faire quelque observation laissaient les vêtements se salir.

Celle d'Alain, bien que vêtue légèrement, ne

parvenait pas à maintenir sa toilette en bon ordre.

Vincent laissait flotter une chemise bariolée par-dessus son pantalon et ne perdait rien de son entrain, trouvait la vie belle.

Plusieurs fois, il alla s'asseoir avec les enfants. Chacun était curieux de lui et Alain faisait des commentaires le concernant.

Vincent fut obligé de recommencer l'histoire du Déluge et, cette fois, il la termina. Elle dura au moins deux heures, tant les enfants l'interrompaient de questions saugrenues ou amusantes, auxquelles il répondait toujours.

Grand Jack regardait ses biceps avec envie. Il lui demanda :

– Vous connaissez la gréco-romaine ?

Vincent répondit affirmativement.

– Et le catch ?

– Oui, mais j'aime mieux la boxe.

– La boxe française ou anglaise ?

– Anglaise.

– Pas la française ?

– C'est comment, la française ?

Grand Jack fut fier d'expliquer à son tour et fit une démonstration assez réussie. Le nègre essaya avec lui pour rire et chacun fut content.

La mère, de la porte de la boutique, secouait la tête avec indulgence. Des femmes se coiffaient devant leurs fenêtres et se penchaient pour le regarder.

Alain, en souriant, pensait qu'il faisait un peu « le mariole » tout de même.

Les enfants s'accrochaient à ses bras, à ses jambes et lui les soulevait par les hanches en faisant semblant de leur infliger une fessée.

Alain demeurait le plus réservé. De temps en temps, s'amusant avec les autres, Vincent se tournait vers lui. Leurs regards alors se croisaient et chacun détournait les yeux un peu vite.

Plus que jamais, les journaux illustrés circulaient. Plus que jamais, Tarzan et le glorieux Bill étaient à l'honneur.

Vincent lisait des livres aux titres curieux, qu'Alain ne comprenait pas. Il se penchait sur ses pages avec un air très appliqué et, de temps en temps, ses yeux brillaient et il regardait Alain gravement. On y parlait beaucoup de socialisme. Le mot revenait souvent, mais Alain se méfiait de la politique...

Un soir, l'enfant prit des ciseaux et coupa quelques mèches de cheveux. La mère rectifia le désordre. Habituellement, il allait chez le coiffeur et demandait « une demi-américaine », ce qui signifiait très dégagé dans le cou et sur les tempes. Très fier de connaître cette expression, il l'employait chaque fois et quand le garçon coiffeur était nouveau, du bout des lèvres, il expliquait...

Début août, Capdeverre et Loulou partirent en vacances dans le même convoi de la « colo ». La réunion de départ avait lieu rue Ramey et Alain les accompagna :

— Écrivez, les gars ! Amuse-toi, Capdeverre !

— Loulou, envoie-moi des cartes postales !...

Il remua longtemps son mouchoir et, l'autocar parti, laissa les parents s'éloigner.

Il resta seul sur un banc et regarda les touristes qui contemplaient avec émerveillement ce que l'enfant connaissait trop.

Une femme bien habillée s'approchait d'eux et vendait très cher des cartes postales sans valeur. Alain la regardait avec indulgence. Un jour, il la vit descendre la rue entre deux agents.

— Elle s'est fait pincer ! dit La Cuistance.

Alain pensa qu'on lui avait fait subir ce supplice et imagina que les agents l'avaient pincée avec leurs gros doigts tout le long du corps, pour la punir.

Les copains partis, Alain rentra à la boutique et but plusieurs verres d'eau.

— Ton ventre va devenir aussi gros que celui de Gastounet, dit la mère.

Répondant à côté, Alain murmura :

— Je m'ennuie, ils sont tous partis !

— Toi aussi, tu partiras, dit la mère, mais en septembre, il fera moins chaud !

En fait, elle ne savait encore trop ce qu'elle en ferait. Elle espérait une idée qui ne venait pas.

Le père Biscot tapait contre son verre avec la cuillère :

— Voilà ce qu'il faut pour se désaltérer !

Il désignait le verre de Pernod dont la couleur seule était écœurante.

Une fois, il se lança dans une causerie « médicale ».

— Contre tous les maux, il n'est qu'un remède...

— Le Pernod ! dit la mère en caressant la bouteille.

Le vieux, qui était un peu saoul, nia :

— Non, l'eau chaude !

— L'eau chaude ?

— Parfaitement, l'eau chaude...

Vincent s'approcha et lui tapa plusieurs fois dans le dos :

— Vieux farceur, va !

— Non, je le répète ! L'eau chaude. Buvez tous les matins un verre d'eau chaude. Mesurez la température avec un thermomètre. Entraînez-vous à boire de plus en plus chaud,

183

et quand vous en serez aux limites de vos possibilités, vous serez à l'abri des maladies...

Et le vieux répéta en faisant semblant de souffler sur un verre de boisson trop chaude :

– De plus en plus chaude, oui, oui...

Et comme on le regardait, sceptique, il poursuivit :

– D'ailleurs, les médecins ne vous indique-
ront jamais de tels remèdes : ils feraient faillite !... J'ai connu une personne qui a fait la
cure... eh bien ! elle n'a jamais plus été malade !

Il y eut un silence, puis la mère admit :

– Après tout, on ne sait pas !

Vincent remarqua :

– Malgré tout, vous ne devez pas faire souvent la cure. Vous aimez mieux l'anis.

Le père Biscot, ne pouvant nier, secoua la
tête en Normand.

Malgré la chaleur, Gastounet revenait chaque
samedi et gardait son faux col dur et sa cravate.
Il entra sans lâcher le bras de la mère Étienne
et, après avoir salué l'assemblée d'un geste large,
dit au père Biscot :

– Bonjour, l'ami !

Le vieux, qui n'aimait pas les familiarités,
répondit par un grognement et sans transition parla à Vincent de la classe dirigeante,
des « vampires-qui-sucent-le-sang-de-l'ouvrier »,

tout cela à l'adresse du Gastounet dont la condition sociale était supérieure à la sienne.

Le Gastounet leva le menton sous la moustache du père Biscot :

— C'est pour moi que vous dites ça, Monsieur ?

— Je le dis pour qui veut l'entendre, Monsieur !

Ils appuyaient sur le « Monsieur ». L'effet était si comique que Vincent recula jusqu'à la porte de l'arrière-boutique pour mieux en jouir. Alain retint son fou rire et fit semblant de tousser. Quand il éclata, il s'engouffra dans la cuisine.

La mère semblait ne pas goûter le sel de la chose.

Madame Étienne se trémoussait comme une jouvencelle pour laquelle deux héros s'affrontent. Gastounet, après un silence, toisa son adversaire :

— Il se pourrait que ce fût pour moi, Monsieur ?

Le père Biscot fit un geste dédaigneux :

— Qui se sent morveux, qu'il se mouche, Monsieur !

Le Gastounet devint tout rouge :

— Moins morveux que vous, Monsieur. J'ai fait 14, Monsieur !

Le père Biscot se dandina et cita :

– On se bat pour les industriels !

La mère eut le bon, ou le mauvais goût, de servir une tournée, de se placer entre les deux hommes en décrétant :

– C'est fini, tout ça ! que vous êtes bêtes !

Madame Étienne caressa son Gastounet :

– Allons, mon petit garçon, allons !...

La mère serra les mains du père Biscot :

– Un mot suit un autre ! Jeux de mains, jeux de vilains. La parole est d'argent...

Cette suite de phrases toutes faites atteignit son but.

Vincent se précipita vers l'arrière-boutique où Alain riait encore. Il lui expliqua :

– Ils ne sont pas méchants : ce sont les « Français-bêtes »...

Pour varier, Alain, désireux d'être aimable, employa une expression qui lui était devenue familière :

– Quelle chaleur ! un vrai temps de canicule !

– C'est le mois d'août !

– Tiens, c'est demain mon anniversaire...

– Tu es né au mois d'août ?

– Oui !

– Sous le signe du Lion alors ?

– Je ne sais pas !

Vincent lui expliqua qu'il était bien né sous le signe du Lion.

Alain remua une crinière imaginaire et murmura :

— Ça alors, ça alors...

Il pensait : « Qu'est-ce qui m'arrive ! » Et il songeait qu'il jetterait cet émerveillement à la face des copains : être né sous le signe du roi des animaux !

Il alla s'asseoir et, regardant Vincent, pensa :

— Où va-t-il chercher tout ce qu'il sait ?

Il entrevit aussi que le père Biscot ou Gastounet ne sauraient lui apprendre autant de choses merveilleuses. Il en conçut quelque dépit.

La mère entra. Vincent la prit par le bras au passage et l'embrassa. Elle se laissa faire, toute molle, et lui jeta un regard de chien battu. Elle repoussa un peu le bras.

— Laisse-moi, dit-elle, je suis si fatiguée.

Alain observa qu'elle prenait depuis quelques jours, pour parler à Vincent, le ton employé pour lui-même quand « il était dans ses jambes ».

Vincent n'insista pas, soupira, s'assit, déploya son journal. Il prit un crayon et fit des ratures, nota des noms en marge. Alain vit que c'était un journal de courses. Il demanda timidement :

— Vous allez aux courses demain ?

Le nègre ne répondit pas tout de suite. Au bout d'un moment, il fit :

— Hein ? Hein ? Non, je ne vais pas aux courses, je vais à la piscine...

Il se tut, et relevant la tête, il ajouta :

— Veux-tu venir ?

— Où ça ?

— A la piscine !

Alain resta muet un instant. Il se remettait de ce coup en pleine poitrine. Il se décida pourtant :

— Si maman veut...

Vincent déclara :

— Nous irons demain matin à la piscine !

La mère entra et eut cette parole absurde :

— N'allez pas à la piscine, il fait trop chaud !

Son amant dédaigna de donner une explication.

— Si, si ! nous irons ! se contenta-t-il d'affirmer.

La mère trempa ses mains dans la cuvette d'eau pour se rafraîchir, puis mouilla ses oreilles. Se tournant vers Vincent :

— Tu n'as pas chaud, toi ?

— Moi, j'ai toujours chaud !

— Tu es jeune ! dit la mère d'un ton un peu piqué.

188

Vincent eut un geste impatient, qu'elle ne vit pas.

A la buvette, la grande réconciliation des classes s'était faite devant les apéritifs. Le père Biscot et Gastounet faisaient courir les dés sur le comptoir. La femme leur tendait toujours le cornet de cuir et la piste, mais ils laissaient de côté ces instruments inutiles. Ils préféraient agiter les dés dans leurs mains réunies en les secouant à hauteur de l'oreille pour se donner de la chance.

Alain sortit pour aller lire un illustré à l'ombre, vers les marches. Il vit sortir aussi Vincent qui descendit la rue en laissant ses bras baller le long de son corps. Il semblait qu'ils flottaient comme sa chemise et que tout son corps dansant glissait plus qu'il ne marchait vers la rue Custine. Le regard d'Alain le suivit le plus loin qu'il put.

L'enfant pensa qu'il se rendait au petit bar mauresque et que là il rirait et s'amuserait avec ses amis. Il regarda la rue déserte. Seul, le petit Samuel lui faisait des signes d'une fenêtre. Il adressa un salut triste au prisonnier. Il pensa qu'il devrait exister aussi un petit bar où se réuniraient les enfants.

Il plia son illustré avec ennui, regarda ses genoux. Ils étaient noirs. Sur l'un d'eux, il étendit de la salive avec son doigt. Il fit couler un peu de « sale » et se frotta les mains.

Tout devint silencieux. Seulement, du bas de la rue, on entendait des coups de klaxon résonnant bizarrement dans l'air chaud.

Alain pensa à la neige et se demanda si elle existait réellement ou s'il ne s'agissait que d'une création de son esprit. Pour voir clair, il fut obligé de faire appel à des souvenirs, aux batailles à coups de boules de neige, à ceux qui y cachaient des pierres.

Il pensa aussi à Loulou qui mangeait de la neige en assurant que c'était meilleur que les glaces Gervais. Alain, après l'avoir goûtée, avait recraché cette matière horriblement fade.

Dans le ciel, pas un seul nuage. Partout du bleu, du bleu, et parce que le ciel était si limpide, il pensa à une autre fois où il avait regardé un ciel nuageux et, pensant à cette autre fois, revint au lieu même de cette pensée : à son terrain, au terrain.

Toute envie d'y retourner l'avait abandonné. Il se sentait calme, tranquille, en sécurité.

La lutte qu'il avait cru devoir soutenir contre Vincent s'était lentement transformée. Sa petite haine, après s'être changée en grande froideur, s'était éteinte. Maintenant, l'état de froideur diminuait. Il n'avait plus que le désir de garder ses distances, de conserver le petit mur pour être tranquille et garder sa dignité, son « quant-à-soi ».

Il s'avisa pourtant de ce qu'il allait une fois de plus le franchir, en acceptant d'aller à la piscine ; mais la tentation était trop forte !

Il pensa à sa chère maman et au nègre sans les réunir. Dans son esprit, ils ne formaient pas un couple. Il y avait Vincent, sorte d'invité de maman, et maman qui remplissait ses devoirs d'hôtesse.

Sans transition, il se demanda pourquoi Vincent se montrait si gentil avec lui. Était-ce pour faire plaisir à sa mère, par simple complaisance ? Il ne s'arrêta pas à cette supposition et passa ses doigts dans ses cheveux.

Il se souvint que Vincent assurait qu'ils étaient en or ; il en arracha un, eut une petite moue et souffla dessus pour qu'il s'envolât, puis il eut cette révélation que le nègre l'aimait peut-être. La petite mécanique de son cerveau fonctionna, et au bout de chaque pensée un « pourquoi ? » surgit.

« Il m'aime peut-être parce que j'ai de beaux cheveux. » Il trouva cette raison très mauvaise, assez ridicule.

Alors, la vanité l'envahit et il calcula qu'il était recherché pour lui uniquement parce qu'il était Alain, et il posa au petit roi, se demandant si en tapant simplement du pied il n'obtiendrait pas que le noir satisfît à tous ses caprices.

La vanité fut vaincue par le « pourquoi ? » qui se dressa au bout de sa phrase, comme une sentinelle au garde-à-vous. Il essaya de réunir tout ce qu'il pouvait posséder de particulier, et comme la somme lui paraissait modeste, il tira des traites sur l'avenir et les espoirs permis.

Trois chiens suivaient une chienne. Alain ne pensa pas à ce qui guidait et conditionnait leur course, mais plutôt aux couleurs de leurs pelages, à leurs races différentes.

Là, sa pensée dévia vers le rêve éveillé. Il y eut le chien-vache, parce qu'il portait des taches jaunes comme certain bœuf vu le jour du « bœuf gras » à Montmartre, le chien-canard, dont le poil blanc apparaissait si ébouriffé qu'on eût dit de la plume, enfin le chien-phoque, parce que son pelage était noir et luisant.

La chienne n'avait, elle, d'autre particularité que celle de ressembler un peu à Chouquette.

Agacé par tant d'images, il se leva, mais très lentement, très mollement, assommé lui aussi par la chaleur...

Un peu de rouge commençait à se mêler au bleu du ciel.

Il eut du mal à s'endormir parce qu'il n'avait pas couru dans la journée. L'orage éclata. La pièce était chaude et il aurait aimé sortir et laisser son jeune corps accueillir la pluie tiède.

La pensée le traversa que, s'il pleuvait demain, Vincent ne l'emmènerait peut-être pas à la piscine. A la réflexion, il trouva cela absurde et essaya de déceler tout ce qui différenciait telle situation du cas de Gribouille.

Vincent avait le bonheur de respecter en lui la graine d'homme. Ainsi, il évitait de le prendre par la main pour le conduire. Quand il marchait à ses côtés, il gardait ses mains dans ses poches, ou lui posait au plus deux doigts sur l'épaule au moment de traverser.

Alain essayait de se mettre dans sa peau. Il s'imaginait, lui, blanc de haute taille, tenant par la main un négrillon et l'initiant à la vie civilisée. Il fut tout à fait sûr qu'il serait plus embêtant que Vincent et qu'il expliquerait beaucoup plus, qu'il garderait moins de silence intact ; cette pensée lui fit un peu mal.

Dans la pièce voisine, Vincent et la femme étaient allongés côte à côte. La femme, si elle avait toujours son goût de lui, devenait vite très lasse. Après que leurs corps se fussent unis, elle

éprouvait des vertiges. Plusieurs fois, le lendemain, elle murmurait :

– Oh, j'ai la migraine !

La mère Étienne affirmait que « c'était le
foie », mais elle savait bien qu'il s'agissait
d'autre chose.

Le désastre s'amplifiait. La volonté se relâ-
chait, l'énergie ne maintenait plus l'apparence
de jeunesse et il semblait que les chairs du visage
pendissent aux os misérablement.

Souvent, elle avait, dans un demi-sommeil,
mi-pensé, mi-rêvé qu'un ruisselet facile à franchir la séparait de son amant. Voilà que le ruisselet devenait rivière. Demain, il serait fleuve et
elle ne pourrait le traverser. Ils se regarderaient
tristement en se faisant de petits signes, et, elle,
la blanche, s'engloutirait dans la nuit, tandis
que le jeune nègre marcherait dans le soleil.

Elle réalisa que l'idée d'une séparation était
admise et se demanda comment seraient les
autres femmes qu'il connaîtrait. Elle ressentit
une sorte de rage et ses doigts se crispèrent sur
les draps, puis elle pleura très doucement pour
ne réveiller personne, pour être seule avec ses
larmes. Mais Vincent dormait calmement.

Dans l'autre pièce, Alain guettait le moment
où le sommeil viendrait le prendre. Il ne regardait plus la chambre, tant il la connaissait.

Comme un jeune aveugle, lorsqu'il fermait les yeux, il ressentait la masse de l'armoire, les tissus lourds de la penderie, le bruit des anneaux sur leur tringle, l'appel d'air lorsqu'on ouvrait d'autres fenêtres et le lit de cuivre sensible comme une musique. Il était le chef d'orchestre de tous ces objets pleins de vie. Sa sensibilité se revêtait d'eux comme eux-mêmes ne pouvaient vivre qu'en fonction de lui. Il eut un petit tremblement de mâchoire, sentit sourdre une envie de pleurer, mais s'endormit avant de le faire.

Il eut peur de s'être levé trop tard, mais Vincent dormait encore.

— Vous irez à la piscine dans deux heures, à neuf heures, dit la mère.

Alain pensa que c'était tard : son cousin avait coutume de l'y emmener plus tôt.

Il aida sa mère à vider la première cruche de lait dans le grand récipient où elle laissait toujours un peu d'eau.

Il regarda les fromages : le brie entouré de sa petite paille, le gruyère un peu ridicule, le camembert très sérieux, le bleu d'Auvergne un rien grossier, le chèvre si sympathique. Il regarda aussi la motte de beurre si bonasse et y posa le doigt.

Il remua tout, redressa des paquets mal rangés. Il constata que sa mère avait pris le matin au laitier un cruchon de crème fraîche, et pensa qu'à quatre heures il en aurait une large tartine.

197

Il alla coller son nez à la vitre, mais les clientes du matin le dérangèrent trop souvent. Il s'assit sur son sac de légumes secs et regarda toutes les dames qui venaient avec leurs bidons chercher du lait. Chacune avait pris un nom ou un surnom :

– Tiens ! voilà la « un litre un quart »..., voilà la « deux litres »..., voilà la « un demi-litre »...

Celles dont le bidon n'était pas très propre n'échappaient pas au petit haussement d'épaules de la mère et, parfois, un sourire complice était échangé avec les autres clientes.

Il y avait aussi celles qui ne prenaient que le lait. Elles avaient droit au : « C'est tout ce qu'il vous faut ? je vends autre chose, vous savez... »

Tout cela appartenait à une complicité entre sa mère et lui et à laquelle les autres étaient étrangers. Vincent demeurait en dehors de tout. Il ne savait pas, par exemple, qu'elle mouillait son lait ; il ignorait les clientes du petit matin, les conventions du laitier, la façon particulière de ranger les différentes sortes de fromages. Il ignorait sans doute pourquoi on plaçait des bâtonnets devant le brie entamé, une cloche sur le munster ; il ne savait pourquoi le fil à couper le beurre trempait dans un récipient d'eau.

Alain réfléchit. Vincent avait encore beaucoup à apprendre. Il lui indiquerait peut-être un jour que la boutique possédait une vie particulière, tout autre que celle de la buvette. Le nègre l'écouterait avec un sourire et une communication s'établirait entre eux ; il poserait des questions auxquelles il répondrait lui-même sans laisser à Alain le temps de le faire.

Une fois de plus, l'enfant décida de ne pas franchir le mur et de le laisser dans son ignorance des choses de la boutique. La concession de la piscine suffisait.

Madame Ramélie entra et posa ses doigts sur les œufs. C'était une vieille femme aux ongles interminables.

La mère se précipita :

– Vous désirez des œufs ?

La femme ne répondit pas tout de suite et continua de choisir.

– N'en cassez pas ! demanda la mère.

L'épicière reprenait le dessus et avec angoisse elle voyait les ongles taper sur les œufs. Elle imagina qu'elle les casserait tous, que pas un n'en réchapperait.

– Je vais vous servir !

La vieille eut un sourire cynique :

– Non, donnez-moi du riz !

Et pendant que la mère le pesait, elle replongea les doigts dans les œufs.

Alain s'approcha et, la bousculant presque,

se plaça entre elle et le bocal. La vieille le regarda méchamment, mais il ne broncha pas et demeura en sentinelle.

Quand elle fut partie, l'épicière vérifia sa marchandise et dit :

– Ah, celle-là...

Mais avec la différence qu'elle s'indignait sérieusement et qu'Alain s'amusait comme un petit fou.

Quand Vincent s'éveilla, les clientes du petit matin étaient passées, la magie était morte.

Il déjeuna, tandis qu'Alain retenait avec peine le : « Alors ? on y va... » qui lui venait au bout des lèvres.

La mère embrassa Vincent sur la joue et le regarda tristement. Il baissa les yeux.

L'heure qui suivit dura un siècle. La mère faisait le ménage lentement, comme une servante fainéante. Alain allait et venait, parlant de temps en temps de ce qu'il ferait à la piscine. Vincent seul procédait calmement à sa toilette, comme s'il n'avait pas dû, peu après, prendre la douche rituelle avant le bain.

Alain cira ses chaussures noires et, comme un morceau de cirage avait jailli sur sa main, regarda si sa peau ressemblait à celle du nègre. Il pensa à une bonne farce qu'il pourrait faire et attendit que le cirage séchât puisqu'il se laverait à la piscine.

Il mit dans une petite valise son maillot de bain et sa mère lui tendit une serviette et un savon.

Vincent ne semblait pas très bien réveillé, mais quand il fut prêt, il sauta sur place et dit en prenant l'épaule d'Alain :

– Et hop ! allons-y !

Le chemin fut court et Alain parla d'abondance.

Quand ils furent à l'intérieur de la piscine, il goûta enfin la féerie. Le garçon de service, voyant un homme et un enfant, dit :

– Les deux dans la même cabine ?

Vincent fit signe que non et l'homme marqua leurs initiales sur un bout d'ardoise à leurs portes respectives, pour pouvoir vérifier quand ils viendraient se rhabiller.

Alain se répéta plusieurs fois le numéro de la cabine. Il savait pourtant qu'il l'oublierait une fois dans l'eau.

Prêts ensemble, ils descendirent pieds nus les marches qu'ils avaient gravies chaussés quelques instants auparavant.

Des baigneurs s'interpellaient et la piscine entière bruissait d'échos. De temps en temps, le « floc » d'un corps tombant dans l'eau se répercutait comme une rumeur enthousiaste.

Ils croisèrent des femmes en maillot qu'Alain regarda tout comme Vincent. Après la douche chaude, Vincent força Alain à passer sous la douche froide, pour que la transition avec le bain fût moins violente. L'enfant céda en riant, les mains croisées sur la poitrine.

Ils entrèrent ensemble par le petit bain et nagèrent un moment. Vincent indiqua à son protégé une distance à ne pas dépasser et en quelques brasses traversa la piscine. Il ressemblait à un poisson fabuleux, un peu fou, énervé et nageant vite dans un bocal où les autres étaient endormis.

Alain le regarda en connaisseur et, quand il revint vers lui, constata :

— Vous nagez vite ! mais connaissez-vous l'indienne ?

Vincent fit une démonstration.

— Et la brasse papillon ?

Vincent lui montra cette nage.

— Et la planche ?

Vincent se retourna en riant.

Ses cheveux se mirent à crêper, à friser et à tomber sur son visage, lui donnant un air sauvage.

Quand Alain fut au bout de son énumération, le savant nageur enchaîna et tournant en vrille dans l'eau s'éloigna, revint et dit :

– Ça, c'est le tire-bouchon japonais ! On entre dans l'eau comme une hélice.

Alain, le souffle court, n'osait plus nager. Il dit :

– Ah, c'est chouette, c'est chouette, la piscine !

– Bien sûr, fit Vincent. Attrape-moi !

Alain leva une épaule pour démontrer qu'il ne se laissait pas prendre au jeu, mais fit semblant de le poursuivre et lui de se laisser attraper.

Les autres nageurs commençaient à les regarder et à écouter leurs rires.

Comme l'un d'eux plongeait timidement, Vincent dit à Alain :

– Tu vas voir !...

Et il traversa la piscine sous l'eau. Il ressortit à la fin du grand bain et son corps surgit hors de l'eau tandis qu'il secouait ses cheveux. Il grimpa au plongeoir. Alain pensa qu'il allait sauter du premier, mais il grimpa jusqu'au troisième et de là, faisant un signe à Alain, se jeta dans le vide.

L'enfant n'eut que le temps de le voir tourner plusieurs fois sur lui-même avant qu'il n'entrât dans l'eau.

Un groupe de jeunes gens émit des sifflements d'admiration, et quand il remonta au plongeoir, plusieurs déjà s'étaient arrêtés de nager pour le regarder.

Il fit si bien ce deuxième plongeon et son corps traversant l'air fut si harmonieux que quelques-uns applaudirent.

Alain ne disait rien et ouvrait de grands yeux étonnés. Deux ou trois jeunes filles le regardèrent curieusement, parce qu'il était avec ce beau noir qui plongeait si bien.

Le troisième plongeon fut un triomphe. Les maîtres nageurs eux-mêmes avaient abandonné leurs perches pour assister au spectacle. Quand Vincent revint à la surface de l'eau, on l'acclama. Il répondit en serrant son poignet au-dessus de sa tête.

Alain entendit une femme dire à un homme en le désignant :

– Le petit est avec le noir...

Elle lui adressa un sourire de sympathie. Le mari dit à la femme :

– Ils ont ça dans le sang ! et il s'éloigna en nageant lourdement.

Vincent vint rejoindre son petit compagnon.

– Tu as vu ?

Alain le félicita avec un rien de gravité et il s'éloigna un peu. L'idée le traversa qu'il pleuvait peut-être dehors.

Il essaya de nager sur le dos, Vincent le soutenant, mais n'y parvint pas.

Quand Vincent annonça qu'il était temps de rentrer, il ne rechigna pas, comme il le faisait avec son cousin (il pensait à la tête que ferait ce dernier) ; la matinée avait été si belle, si riche en beauté, en exploits qu'elle se suffisait à elle-même, qu'elle n'avait besoin d'aucun prolongement.

Une fois dans leurs cabines, ils firent la course qu'ils avaient décidée. Alain fut prêt le premier. Vincent sortit bientôt et passa son peigne dans ses cheveux. Il le nettoya et le prêta à Alain.

Ils ne parlèrent plus, rentrèrent lentement, Vincent sa serviette roulée sous le bras, l'enfant balançant sa petite valise. Ils ne parlèrent plus... mais chacun pensait à l'autre.

La mère aussi parlait de moins en moins. Elle oubliait même de minauder avec son amant. Son besoin d'amour s'était apaisé et elle ne rêvait plus que de vie calme. Quand ils rentrèrent, elle réédita sa remarque saugrenue :

– On n'a pas idée d'aller à la piscine par ce temps, il fait bien trop chaud !

Alain et le nègre se regardèrent et ne répondirent pas. Puis Alain eut un peu honte de cette complicité contre sa mère. Il l'embrassa et dit :

– On s'est bien amusés quand même !

Elle haussa les épaules et Vincent aussitôt secoua la tête en signe d'impatience.

Pendant le repas, Alain en tête à tête avec Vincent lui parla de sa piscine. La mère servait au comptoir.

Pour faire rire l'enfant, Vincent dit :

– Tu imagines le père Biscot à la piscine ?

Alain imagina aussi la mère Étienne et Gastounet, puis Lucienne.

Pour cette dernière, il ne fut pas choqué, mais pensa que sa place n'était pas à la piscine où son rimmel et son rouge fondraient.

Vincent enchaîna :

– Le père Biscot doit avoir un caleçon de bains à rayures...

Ils se mirent à rire si fort que la mère montra sa tête et fit : « Chut, chut ! »

Vincent alla à la boutique et prit le damier. Il en proposa une partie à l'enfant ; ils en jouèrent cinq et Alain en gagna trois.

– Je suis le plus fort ! dit-il, et cette fois c'était vrai.

Vincent avait fait tout ce qu'il avait pu pour gagner et fut dépité. Il ne sut pas le cacher et

Alain limita son chant de triomphe afin de ne pas le vexer.

Les clients partis, la mère fit signe à Vincent de venir la rejoindre à la boutique. Alain se plongea dans la lecture d'un illustré ; il ne fut plus que Bibi Fricotin et rien d'autre n'exista que les aventures du jeune débrouillard.

Une longue conversation commença entre la femme et son amant.

— Tu n'es plus le même, reprocha-t-elle. Tu ne t'occupes que du petit. Je n'existe plus...

La plainte se poursuivit sur ce ton pendant longtemps.

Vincent l'écoutait, embarrassé, agacé et ayant pourtant le désir d'arranger les choses.

La femme parlait, parlait, parce qu'elle sentait la nécessité de faire quelque chose. Au fur et à mesure que les paroles passaient par sa bouche, elle reconnaissait celles qui étaient fausses mais ne faisait rien pour les retenir. Elle parlait, parlait, comme pour montrer qu'elle existait, qu'elle accomplissait un acte nécessaire, espérant que le hasard lui communiquerait l'expression juste qui éclairerait tout.

Vincent l'interrompit :

— Que veux-tu de plus ? Tu as voulu que j'habite ici : j'ai accepté. Je fais tout ce que je peux et tu n'es jamais contente...

Lui aussi parla longtemps, avec la nuance qu'il essayait de puiser dans son intelligence les paroles nécessaires. Il s'aperçut – et elle aussi – qu'il reprenait certaines de ses phrases.

Il se sentit tout à coup gêné de cette situation fausse et en ressentit tout le vulgaire, tout le ridicule. Il ne lui parla plus en amant, mais en fils et lui tapota la joue.

Soudain, ils se regardèrent ; la même phrase montait aux lèvres des deux amants : « Ça ne peut pas durer. » Ils ne dirent rien pourtant et, devant le précipice, fermèrent les yeux et se retournèrent précipitamment.

Alain leur souriait vers la porte. Vincent rendit le sourire et affirma, le désignant :

– C'est un excellent nageur !

Alain joignit les mains devant son nez et mima une brasse extraordinaire.

La mère soupira et se dirigea vers l'arrière-boutique. Vincent dit :

– Il faudra que je...

Puis il se reprit aussitôt :

– Tu auras intérêt à apprendre le crawl !

Il fit allonger l'enfant sur une chaise et dirigea ses membres. Les pieds battirent le vide et les bras tournèrent si fort que la chaise bascula. Ils rirent.

Puis Vincent s'attabla au comptoir et dit à
Alain :
— Une fine, patron !
Alain, derrière le comptoir, le servit en exa-
gérant ses gestes pour imiter le garçon de café
stylé. Ils jouèrent au zanzi.


La mère lavait la vaisselle. Ses mains étaient
ruisselantes d'eau grasse. Elle regarda l'eau et
eut un haut-le-cœur. Puis le miroir au-dessus
de la pierre à évier lui renvoya son visage. Les
ailes des narines brillaient. Elle pensa qu'il faudrait bien qu'elle se débarrasse de tout ce gras,
tant celui de sa peau que celui de la vaisselle.
Il fallait sans cesse qu'elle fardât son visage
pour qu'il ne vieillît pas trop. C'était son plus
gros souci.
Elle réfléchit que le jour où elle accepterait
d'être vieille, tout serait plus simple et qu'elle
se sentirait beaucoup mieux.
Elle s'avisa de ce que ce jour arriverait. Bientôt peut-être ! Elle voulut fuir ses pensées et avec
ardeur frotta la vaisselle. Puis la phrase qu'elle
avait retenue quelques minutes auparavant se
mit à danser très fort et, petit à petit, c'est elle
qui rythma tous ses gestes :

— Ça ne peut plus durer ! Ça ne peut plus durer ! plus durer... plus durer !... plus durer !...

Il lui sembla qu'elle allait traverser une période difficile de son existence. Elle pensa aux jours qui avaient suivi la mort de son mari et au grand calme qui était né. Elle aurait pu briser tout de suite. Elle savait que Vincent, orgueilleux, au premier mot prendrait les devants, mais il fallait que tout s'accomplît en son temps, et puis, elle ne savait pas, elle ne savait plus très bien. Elle le voulait encore, mais non ! et pourtant si !...

Elle fit basculer la bassine dans l'évier ; le bruit arrêta ses pensées. Cela lui fit du bien. Elle décida d'essayer de vivre sa journée plus tranquillement.

Vincent revint avec Alain et commença à pincer sa guitare en chantant. L'enfant n'avait jamais entendu chanter ainsi, avec tant de mélancolie et tant de rythme. Il sentit pénétrer en lui quelque chose qui le troubla. Il ne comprenait pas les paroles qui étaient en anglais. Vincent n'avait jamais eu telle expression. Lui dont la bouche s'écartait sans cesse sur un sourire avait l'air très triste, ses sourcils se levaient et il remuait à peine les lèvres pour laisser passer son chant. Son regard croisa le sien un instant, mais il n'en put soutenir la gravité et se détourna. Il vit que sa mère aussi comprenait cette musique. Elle s'assit près du noir pour l'écouter.

Alain marcha dans la pièce et ses souliers craquèrent. Il eut un mouvement de honte et, comme pour se rattraper, s'assit sur son petit banc aux pieds de Vincent. Ce dernier, sa chanson finie, les regarda tous les deux en souriant. Il y eut un grand silence. Il en commença une autre un peu plus vive au début, mais qui devint vite mélancolique.

Alain pensa qu'ils étaient tous les trois sur un bateau et qu'ils voguaient en pleine mer. Le nègre était le capitaine et eux les matelots. Puis, il pensa au petit Samuel qui ne sortait jamais dans la rue et regardait de sa fenêtre avec envie ceux que sa mère appelait « des petits voyous » ; il pensa aussi au bruit que faisait la canne de l'aveugle en frappant contre le trottoir, et aussi à sa mère qui avait l'air parfois si malheureuse et qui le repoussait quand il voulait la consoler.

La mère revoyait un film où des soldats quittaient leurs femmes avant le combat et chantaient un douloureux « *Ce n'est qu'un au revoir mes frères, ce n'est qu'un au revoir...* » Une larme dansa sur ses cils. « *Car nous nous reverrons, mes*

211

*frères, car nous nous reverrons* », et pourtant le chant de Vincent ne ressemblait en rien à la chanson à laquelle elle pensait. La larme brilla un peu et tomba. Elle n'essuya pas ses yeux ; aucune ne suivit cette larme unique.

Vincent ne pensait à rien. Il ne voyait que cette femme tassée sur sa chaise auprès de lui, et les cheveux blonds de cet enfant pensif. Lui aussi, à sa manière, était sur un navire. Maître à bord, il n'avait d'autre désir que de bien le diriger. Il ne chantait pas ; il était le chant.

Alain leva les yeux vers les siens et les reposa sur les doigts qui battaient la guitare. Il ne vit plus qu'eux et ne pensa plus : il était dans le chant.

La mère d'un petit geste lui caressa la joue puis regarda le nègre avec une expression douloureuse.

Il semblait que, petit à petit, chacun d'eux ayant longtemps marché dans un désert rejoignît enfin l'autre, après tant de souffrances, tant de fatigue, auprès d'une eau bienheureuse.

Quand le chant se termina, ils n'étaient qu'Un. Un instant, ils restèrent immobiles et silencieux. Le climat était propice à un attendrissement auquel aucun ne voulut se laisser aller. La mère se leva et retira son tablier bleu pour le secouer. Alain s'intéressa à la guitare et demanda que Vincent la lui prêtât. Ce dernier déjà riait. Le charme n'avait pas été long à se rompre mais il avait existé.

Vincent changea de chemise, noua une cravate à fines rayures, tapota sa pochette sur sa veste et se tournant vers Alain lui demanda s'il voulait sortir. Ils passèrent devant la mère en disant : « Nous sortons. »

La femme ne répondit pas, mais pensa qu'ils avaient bien de la chance de pouvoir sortir ainsi. Elle n'en finissait jamais de travailler. Eux profitaient de tout.

Lucienne, qui avait pu s'échapper, pénétra dans la boutique et dans un éclat de rire jeta :

— Bonjour ! Alors, les amours ? Le beau Vincent ? ça va ? Contente ? Vous l'avez, votre beau gosse maintenant !...

La mère répondit bien vite :

— Oui, oui... Et vous, ça va ?

— Moi, ça va !

Elle s'approcha et lui glissa à l'oreille :

— Je suis amoureuse !

— De qui ? De ton mari ? fit l'épicière.

Lucienne secoua la tête :

— Vous n'y êtes pas... de mon mari... de mon mari... Sa voix se fit traînante. Ce « cave »... Non, j'ai le béguin de... ah, devinez ? son neveu !

— Quel numéro vous êtes ! Ah, cette

Lucienne ! On ne la changera donc jamais. Comment est-il ?

– C'est un môme : il a dix-huit ans !

La mère fit un signe montrant qu'elle jugeait cela déraisonnable, mais Lucienne continua :

– Quand il vient, il me regarde en dessous et n'ose plus rien dire. Mon vieux ne se méfie pas, vous pensez, un puceau... L'autre jour, j'ai raccroché mon bas devant lui. Pauvre gosse ! Il est devenu tout rouge, mais n'a rien dit. De temps en temps, je me penche pour qu'il regarde dans mon corsage. Il est fou de moi et même...

– Même ?

– Il ne peut plus voir le vieux !

– Tout ça, c'est des gamineries, dit la mère.

– Sauf quand je l'embrasse... De plus en plus près des lèvres... Hier, je me suis collée contre lui. Il est beau et si plein de force. Je l'ai pourtant mis K.-O. en l'embrassant.

– Il n'y a rien d'autre ?

– Non, je le fais patienter. Mais ça viendra !

La mère prit un air très grave et, secouant le doigt, commença un sermon devant Lucienne éberluée. Elle lui dit tout ce qu'il y avait de vain dans sa conduite et le peu d'importance de ce genre d'amour.

– ... Au fond, le gosse vous plaît, mais après ?... Un jour, il en trouvera une de son âge, et vous ? Que ferez-vous ? Au fond, c'est de votre mari que vous avez besoin. C'est lui qui vous assure une position. Au fond...

— Au fond, au fond... moi, j'm'en fous. Il me plaît, je le prends, répondit Lucienne en colère, et puis c'est tout, je ne m'occupe pas du fond !

Mais le sermon recommença quand même, si bien que la jeune femme fit à l'autre avec son accent faubourien :

— Mais enfin !... Y'a de quoi s'marrer ! Y'a à boire et à manger dans ce que vous dites... Vincent — pardonnez-moi de vous le dire — est bien plus jeune que vous. Et après ? Vous l'aimez, il vous aime... alors ?

En prononçant ces paroles, Lucienne s'attendait à une riposte violente. Elle fut très étonnée de voir son interlocutrice lui confier après un silence grave :

— Non, Lucienne : ça ne peut pas aller. Nous faisons semblant l'un et l'autre. Ça ne va plus. Il y a un désaccord qui grandit. Au début c'était bien. Maintenant, je ne peux plus.

Elle s'énerva et son visage devint douloureux :

— Non, je ne peux plus, je n'ai plus la force...

Elle croisa ses bras sur le comptoir, y blottit sa tête, se tourna sur le côté et laissant couler une larme :

— ... L'amour, c'est fini pour moi !

Lucienne sentit monter en elle toute la pitié dont est capable une femme du peuple et qu'elle tient en réserve avec une pointe de sentimentalisme pour les grandes occasions. Elle vit là une occasion « d'être bien », d'être très femme et de remplir une des missions dévolues à son sexe.

Avec un rien d'ostentation peut-être, elle prit son amie dans ses bras et trouva tous les mots, tous les lieux communs, « qu'on dit dans ces cas-là » et qui, chose extraordinaire, seuls peuvent quelque chose, ou tout au moins ne causent aucun mal.

— Vous dites des bêtises, allons, allons...

Puis, serrant les poings et relevant la tête avec défi, elle lança comme un slogan :

— Il ne faut jamais abdiquer !

La mère sourit, essuya une larme, et comme elle avait la vague conscience qu'elle venait de s'humilier, voulut raisonner, se montrer à son tour protectrice, maternelle. Elle dit avec émerveillement :

— Ah toi !... tu es... terrible. J'étais comme ça avant, mais on change. Reste telle, ma petite... Profites-en !

— Et comment ! Comptez sur moi ! affirma la jeune femme.

Petit à petit, elle énuméra les pouvoirs de

l'amour, ses possibilités, et devint plus précise. L'épicière l'écouta, amusée, et pourtant ressentit la vulgarité de ses paroles.

Elle se rappela l'ami de son mari, qui le venait visiter. Ils se collaient chacun d'un côté du comptoir et racontaient tout bas des cochonneries épouvantables en riant. Quand elle venait, ils baissaient la voix, mais elle savait de quoi ils parlaient. Chacun se vantait et racontait des aventures imaginaires. Aucun ne croyait l'autre, mais ils arrivaient à croire ce qu'ils disaient eux-mêmes. Ces soirs-là, son mari était particulièrement pressant.

Elle eut un air dégoûté que Lucienne ne comprit pas et prit pour elle. En réalité, elle pensait à ce qu'était l'amour avec son mari. Il entrait dans sa chambre et souvent la prenait brutalement, sans aucune caresse préparatoire. Après l'amour il lui était arrivé de pleurer toute seule dans le noir. Une fois, il s'en était aperçu, mais son orgueil de mâle lui avait caché le fait qu'elle pouvait pleurer de s'être donnée sans amour.

Elle pensa à deux ou trois autres aventures et réalisa qu'elle n'avait connu le « grand frisson » qu'avec Vincent. Elle avait attendu toute une vie pour ça et maintenant elle sentait qu'elle ne pouvait plus, qu'une minute de plaisir lui causait des heures de tourments et de malaises.

Elle n'osa s'avouer que réellement le plaisir n'existait que pour l'homme car elle avait quelques souvenirs très précis, des souvenirs pas très lointains... puis elle eut envie d'aimer encore un tout petit peu.

Le mimétisme aidant, elle se laissa aller à bavarder comme Lucienne, à partager son insouciance. La jeune femme en profita pour lui poser une question qui lui brûlait les lèvres depuis longtemps :

— C'est bon avec un nègre ?

— Je ne sais pas, dit la mère.

Lucienne s'étonna :

— Vous vous fichez de moi ?

— Non, je ne sais pas..., fit la mère embarrassée. Tu comprends, après mon mari, je n'ai connu que Vincent et lui... je l'aime.

— Bien sûr ! admit Lucienne, mais il serait blanc, est-ce que ce serait pareil ?

— Je ne sais pas ! répéta la mère.

Lucienne vit qu'elle la gênait et s'abstint. Elle fit seulement une boutade :

— Je vois, je vois... Vous ne voulez pas faire de propagande ! N'empêche que tous les blancs sont jaloux des noirs.

— Ça ! accorda la mère.

— Alain n'en est pas jaloux ?

– Ce n'est pas pareil. C'est mon fils, et puis c'est un enfant !

– Raison de plus ! Y'a rien de plus jaloux qu'un gosse...

– Ils ont l'air de bien s'entendre !...

L'épicière fit les gestes nécessaires pour que cette conversation ridicule cessât.

Lucienne ouvrit son sac et d'une minaudière tira une cigarette. Elle souffla sur les parcelles de poudre de riz. Elle appuya sur son briquet.

La mère siffla en voyant ces objets luxueux.

– C'est le tonton ! fit Lucienne.

– Le tonton ?

– Mon mari, quoi ! Je l'appelle le tonton.

– Rapport au neveu ?

– Rapport au neveu.

– Ah la la !... jeunesse !...

À ces paroles prononcées avec indulgence, Lucienne répondit :

– Vous ne devenez pas drôle, vous savez ?

– C'est la chaleur, laissez faire, ça passera !

Puis elle passa du coq à l'âne :

– Il est bien votre rouge ! Comment s'appelle-t-il ?

– Sol dièse.

– Sol dièse, mais c'est de la musique ?

– Non, c'est une couleur.

– Une couleur ?

219

— Oui, « sol dièse », c'est le nom de cette teinte.

— Ah bon !

La conversation glissa et Lucienne sentit qu'elle avait de moins en moins de points communs avec son interlocutrice. Quand le père Biscot entra, elle en fut bien aise et avec un clin d'œil murmura :

— On va se marrer, je vais lui faire du charme !

Elle ajouta :

— J'aurai du mal... c'est pour vous qu'il en pince !

La mère fut éberluée. Elle pensa à Vincent et au père Biscot, et soudain elle eut la sensation horrible, tenaillante, qu'elle était plus près de l'âge du second que de celui du premier.

Elle servit tristement le premier Pernod.


Alain venait de réaliser tout ce qu'il est possible de faire lorsqu'on est devenu grand : marcher d'un pas plus léger, sourire aux filles, tapoter sa cigarette avec des petits gestes rapides, entrer au café, commander, aller où on veut, faire ce que l'on veut...

Il venait de s'apercevoir qu'en tous les endroits où Vincent l'entraînait il pourrait un jour se rendre lui-même et jouir de tout ce dont son aîné jouissait.

Au bar mauresque, les mains croisées sur son petit ventre, il prenait une mine de bourgeois repu. Vincent l'avait laissé seul sur son pouf, avec près de lui la théière et l'assiette de gâteaux. Sur une soucoupe étaient posés deux « loukoums » qu'il pouvait manger. Son doigt, de sa bouche, allait au sucre farineux qui les recouvrait et revenait comme une abeille à sa ruche après une conquête de délices.

Vincent était parti dans une autre pièce, bientôt suivi de la barmaid. Il l'attendait bien tranquillement.

Il était saoul de plaisirs, repu de glaces et de jeux forains, abruti de cinéma, trop plein de mille aventures pour pouvoir nettement les distinguer.

Il savait que tout irait vraiment bien quand ses camarades rentreraient de vacances et qu'il pourrait revivre les faits en les contant un par un. Pour l'instant, son seul confident possible était aussi son complice, celui qui en savait autant que lui. Sa mère avait trop de soucis pour s'intéresser à ses histoires. Les autres gens s'en moquaient éperdument.

Le petit Samuel comprendrait, mais on le tenait prisonnier pour qu'il fût bien élevé. « Il ne saura jamais rien de la vie... ce gosse ! » murmura Alain tout bas, pour lui-même. Cette pensée lui montra toutes les prisons de l'enfance, toutes les heures d'attente derrière des murs, celles de l'école, celles créées par la pluie ou par le manque de compréhension des parents. Il s'avisa aussi que le bar mauresque était une prison à sa manière, une prison de silence à deux pas du bruit, un endroit aussi calme qu'une église et où, de plus, les tapis amortissaient le bruit des pas. Une prison, mais une prison de roi, avec tant de douceur et de luxe...

La barmaid revint et alla se maquiller derrière son bar. Au bout d'un moment, Vincent réapparut et s'assit près d'Alain. Il avait l'air pensif, soucieux même. Il sourit et dit :

– Alors, tu ne t'ennuies pas ?

– Oh non ! fit Alain, qui ne fut pas sans s'apercevoir qu'il posait cette question en pensant à tout autre chose.

Mahohé entra et parla d'abondance. Il était question de contrat, de départ, de soleil. Les deux hommes s'excitèrent et firent de nombreux projets auxquels Alain ne comprit pas grand-chose. Puis il lui sembla qu'ils se méfiaient de lui et parlaient à demi-mot. En effet, ils se levèrent et allèrent un peu plus loin.

Vincent parla en regardant Mahohé dans les

yeux, comme lorsqu'on expose un cas grave. En s'expliquant, il se retourna plusieurs fois vers Alain, comme s'il était pour quelque chose dans la conversation.

De temps en temps, Mahohé l'interrompait avec un geste de la main par-dessus l'épaule, comme pour dire : « Tout ça n'a aucune importance. » Il prononça même, assez haut pour qu'Alain l'entendît :

— Basta ! basta !...

L'enfant qui ne connaissait pas la signification du mot comprit tout de même, par le seul pouvoir de sa consonance, que cela voulait dire quelque chose comme : « A la gare ! »...

Mahohé sorti, Vincent s'approcha et, voyant l'air inquiet d'Alain, voulut le rassurer :

— Il ne se passe rien de grave. Il fait toujours le clown. Il est un peu fou, Mahohé !

Il évoquait tant de comique qu'Alain éclata de rire.

La barmaid, qui semblait avoir entendu la conversation, regarda Vincent avec un air de chien battu. Il alla lui parler. Alain entendit quelques mots comme : « C'est la vie. » « A Casa, à Casa... », « On voyage. »

L'enfant remarqua qu'il se grattait l'oreille avec le petit doigt, comme s'il avait dû en sortir quelque chose, une mauvaise pensée, peut-être, qui le tracassait.

De la porte, Vincent lui fit signe et il se précipita. Il avait des fourmis dans une jambe et boita un peu, eut un rire nerveux.

Dehors, le nègre marcha très vite jusqu'à la rue. Alain trottait à ses côtés en soufflant un peu et en regardant de côté ces longs bras se balançant au rythme de la marche. Arrivés au bas de la rue, Vincent ralentit et grimpa plus lentement en se frottant le menton, puis, comme si une décision venait d'être prise, marcha de nouveau un peu plus vite jusqu'à la boutique.

Alain n'entra pas et dit qu'il désirait jouer dehors. En effet, il avait besoin d'être seul avec la rue comme pour lui raconter en rêvant tout ce qu'il avait vu dans la journée.

La Cuistance assise près de sa fenêtre, un fichu sur l'épaule, bien qu'il ne fît pas froid, lisait un journal vieux de trois jours en prisant de temps en temps.

— Eh ! fit Alain, et quand la femme tourna la tête il continua :

— Eh... Eh... Eh... Tchoum !

L'éternuement simulé fut énorme.

— Ah ? c'est toi, garnement !

224

Pour répondre « oui c'est moi ! » Alain prit son air le plus angélique.

— Sale gosse, va ! continua la femme, mais sur un ton assez aimable pour que la conversation s'engageât.

— Oh, c'est rien !... fit Alain modeste.

— Entre donc !

— Non ! Je n'ai pas le temps !

En réalité, il craignait l'odeur de pipi de chat qui flottait dans sa pièce. Il eut tout de même une légère envie de bavarder avec elle. Voulant se mettre à la portée d'une grande personne, il lui sembla trouver la phrase juste, la source inépuisable de bavardage :

— Il fait chaud !

— 32 degrés ! répondit la femme en se tournant vers son thermomètre.

Cette constatation coupa la parole à Alain. Cette précision comportait quelque chose de tranchant. Comme il avait quelques souvenirs des leçons de sciences et qu'il ne voulait pas être en reste, il ajouta :

— Centigrades...

— Hein ?

— 32 degrés centigrades !...

— Ne dis donc pas de bêtises ! rétorqua La Cuistance, qui ne savait pas ce que cela voulait dire.

— Bon, ça va, ça va...

Et Alain s'éloigna, tandis qu'elle lui criait :

— Espèce de mal élevé, va !

Alain leva les yeux vers le « bien élevé » Samuel, qui, pour avoir la sensation de s'évader, faisait descendre par la fenêtre une ficelle à laquelle était attaché un bouchon.

— Salut ! lui cria-t-il.

Le petit ouvrit de grands yeux et, avec un bon sourire, lui demanda :

— Tu fais toujours des « dadas » ?

— Oui, répondit Alain, et il s'éloigna, aussi triste que lorsqu'on vient de voir un infirme. Il grimpa jusqu'à la rue d'en haut, où un homme criait plus qu'il ne chantait :

— *Du mouron pour les p'tits oiseaux !...*

Alain pensa à ce que Grand Jack lui crierait s'il était là :

— *Et de la merde pour les gros !*

Mais il dédaigna lui-même de le dire.

Sur le trottoir, on distinguait encore d'anciennes traces de craie. Mélancoliquement, Alain arracha un morceau de plâtre au mur qui s'effritait et essaya de repasser sur ces traces pour que les marelles revivent. Le plâtre traçait très mal ; il se lassa.

Il en était là quand la petite Italienne vint

vers lui. Elle léchait une glace qu'elle lui désigna :

— Si tu en veux, je t'en donnerai. Mon père en fabrique !

Alain en prit un morceau sur le côté et lui dit en souriant :

— Elle est délicieuse.

— Tiens ! Tu te civilises ? deviendrais-tu aimable ?

— J'ai toujours été aimable, protesta Alain.

Puis il continua :

— Mais il y a des choses que je n'aime pas !

La petite eut un souvenir très précis de certaines petites rencontres, car elle rougit et dit d'un petit ton raisonnable :

— Moi non plus Alain, c'est toi qui as raison !

— Nous sommes trop grands pour faire des choses semblables, répondit Alain.

Il ne pensa pas qu'au contraire ils étaient trop petits. Ils se regardèrent gênés, puis Alain, la prenant par l'épaule d'un geste large et protecteur, lui dit :

— Tu es mon amie !

— Toi aussi, Alain.

Et ils se serrèrent la main comme des sportifs. Alain respira fortement et comprit que ce geste mettait fin à un malentendu et qu'il était nécessaire de créer quelque chose de neuf pour

cimenter cette amitié. Il chercha ce qui pourrait
bien faire plaisir à une fillette et lui dit :
— Tu as de jolis cheveux !
Comme elle souriait, il crut bon d'ajouter :
— Et de jolis yeux !
Après un silence :
— Et de jolis pieds !
La petite prit un air avantageux et constata,
les yeux tournés vers le ciel, comme une star :
— Ce que tu es banal !
Comme le garçon ne savait trop ce que cela
voulait dire, il rétorqua :
— Non ! Je ne suis pas banal.
— Alors, tu penses ce que tu dis ?
Alain répondit qu'il le pensait. Elle se pen-
cha en riant vers lui, ses boucles frôlèrent son
cou, elle l'embrassa brusquement cependant
qu'Alain lui criait :
— Ah non ! la barbe ! tu ne vas pas recom-
mencer...
Elle s'enfuit en riant et en sautant d'une
jambe sur l'autre.
— Idiote, idiote, idiote ! lui cria Alain. Je te
déteste, idiote !...
Il se rassit sur le bord du trottoir et répéta
pour lui seul :
— Quelle idiote !
Il fit semblant de se fâcher, mais secoua la

228

tête, ému en même temps qu'un peu niais. Il redescendit jusqu'au 73 et se pencha pour regarder la toile qu'achevait le concierge. Elle représentait la maison d'en face. Alain lui demanda :

— Pourquoi peignez-vous la maison d'en face, puisque vous la voyez toujours en face de vous ?

Le concierge répondit :

— Elle est très belle !

Alain la regarda et dit :

— Je ne trouve pas !

— Parce que tu ne sais pas voir.

Alain se retourna pour mieux la détailler. Elle lui parut semblable à toutes les autres. Comme un tapis pendait à une fenêtre et qu'il y trouvait un léger signe de richesse, il crut bon de dire :

— Oui, elle est bien !

Le vieux le regardait avec inquiétude. D'un air détaché, il lui posa, en désignant la peinture, la question qu'il craignait de poser aux grandes personnes :

— Comment la trouves-tu ?

— C'est ressemblant ! mais...

— Mais ?

— Mais il n'y a pas le tapis !

Et Alain désigna la carpette qui pendait comme un trophée.

Le vieux secoua la tête, puis regardant le tapis il s'avisa que cela aurait pu faire bien dans le tableau et constituer par la finesse des tons un morceau de bravoure au cœur même de « l'œuvre ». Il voulut bien admettre :

– Oui, tu as raison. Il n'est peut-être pas trop tard. J'y avais un peu pensé...

Alain rougit de plaisir et quand le peintre lui demanda son opinion avec plus d'insistance, il crut bon de discourir :

– C'est très très bien ! c'est très ressemblant. Vous pourriez peut-être le vendre très cher. C'est plus joli qu'une photo, quand même...

Le vieux l'interrompit :

– C'est de l'art naïf !

– De l'art quoi ?

– Naïf !

Alain émit un sifflement, car ce mot dont il ignorait le sens lui en imposait. Heureux de cette conversation élevée, il donna encore quelques appréciations :

– Le premier de la classe fait des aquarelles un peu comme ça... En classe, vous auriez au moins 7 sur 10.

Il croyait le flatter, mais à sa surprise, le concierge tira son chevalet et ferma la fenêtre en lui jetant le mot de Cambronne. Puis il la rouvrit et furieusement cria encore à l'enfant éberlué :

– Merde ! Merde !

Du premier, une locataire dit à Alain :

— Laisse-le faire, il a sa crise de génie...

Alain s'éloigna en se demandant s'il arriverait un jour à comprendre vraiment les grandes personnes.

Le père de Loulou qui remontait la rue lui tapota la tête avec son mètre pliant de charpentier. Alain lui sourit et cria :

— Ça va, Loulou ?...

— C'est un diable, comme toi !...

Alain pensa qu'il admirait cet homme si grand, aux épaisses moustaches grises, qui transportait toujours une provision de rire, et dont les yeux brillaient de malice. Quand les voisins parlaient de lui, toujours ils disaient :

— C'est un brave homme ! Ah ! le brave homme...

Il pensa que Loulou aussi était un bon copain. A la fin des vacances, que de bonnes parties ils feraient !

Il en était là de ses réflexions, quand sa mère apparut à la porte de la boutique. Il lui jeta : « Oui m'man », avant même qu'elle lui criât le rituel « Rentre ! ». Elle renifla quand il passa près d'elle.


Il resta seul avec Vincent à l'arrière-boutique. La mère demeura derrière son comptoir, bien

qu'il n'y eût que peu de clients à servir.
L'homme parla peu tout d'abord et fit semblant
de se plonger dans son journal. Fit semblant...
Alain le vit bien, et pensa qu'il y avait quelque
chose de cassé ! Sa première décision fut de
rester tout à fait en dehors de quelque événement que ce fût, de ne pas se mêler d'affaires
qui ne pourraient que lui nuire.

Voyant que sa mère ne venait pas, il alla au
carton tout près de la niche de Chouquette et
en sortit une boîte de cassoulet grand modèle
« pour deux personnes ». Il la désigna à Vincent
qui, d'un signe de tête, approuva. La boîte
ouverte, il la versa dans une casserole. Pour une
fois, il voulait sortir de la sacro-sainte habitude
du bain-marie pour préparer un plat allongé
d'épices. Il tourna avec la cuiller de bois qu'il
tenait comme un porte-plume. Sa langue glissa
sur sa lèvre en signe d'application. Il baissa le
gaz, dressa vite le couvert en pensant qu'après
tout ils feraient un bon repas.

Pris de scrupules, il allongea la tête vers la
boutique et demanda :

— Tu ne manges pas, m'man ?

— Non, c'est fait ! Ouvre une boîte de cassoulet !

Elle dit cela avec lassitude, et sans aucune
amabilité. Alain soupira et pensa qu'il quittait

un poteau blanc pour retrouver un poteau noir.
Il revint donc à son cassoulet et dit tout haut :
— Ah, la barbe !
Vincent leva la tête et questionna :
— Qu'est-ce que tu dis ?
— Rien : je disais « la barbe ! ».
— Ah bon...

Alain tourna la sauce de plus en plus vite ; il
la goûta en soufflant et, se retournant, vit que
Vincent le regardait. Il lui sourit en pensant
qu'il ne devrait pas le faire. Il aimait diriger les
opérations et qu'on fût aimable ou qu'on parlât
au moment même où il le désirait.

Il partagea et servit lui-même.

A chacun : une saucisse, un morceau de lard,
une tranche de saucisson, enfin les haricots. Il
tenait à ce que les parts fussent également répar-
ties.

Vincent, avant de poser son journal, désigna
à Alain une star qui s'étalait à la Une ; il fendit
l'air de son pouce et l'arrêta à hauteur de
l'épaule pour indiquer qu'elle était « comme
ça ». Alain n'aimait pas ce geste, mais il fit semblant d'acquiescer.

Vincent déboucha la bouteille de vin blanc et
servit. Ils burent et firent aller leurs mâchoires.

A maintes reprises, Vincent s'arrêta comme

s'il allait parler, mais se ravisant, il dit seulement :

– C'est fameux !

Alain buvait le vin blanc lentement, persuadé que dans un instant sa tête serait très lourde et qu'il serait capable de dire des bêtises.

De la buvette, on entendait les dés rouler sur le zinc. De temps en temps, des bruits de bouteille qu'on débouche, des rires, des éclats de voix, les mots de la politique. Quand Alain distinguait la voix de sa mère, il se sentait un peu fautif, avait envie de la rejoindre, mais il craignait sa mauvaise humeur, il lui préférait le silence de Vincent.

Le repas achevé, il crut bon de laver la vaisselle et de tout ranger. Il lui semblait qu'en mettant ainsi de l'ordre dans les objets il existait quelque chance que les sentiments aussi s'éclairciraient et que le brouillard se dissiperait. Il alla regarder à la boutique si sa mère n'allait pas se décider à venir, mais elle faisait au contraire tout son possible pour prolonger la conversation avec ses clients. « Elle boude », pensa l'enfant.

Il eut envie de ressortir dans la rue, de descendre jusqu'à la rue Custine, de regarder les concierges « prendre le frais » sur le pas de leurs portes. Une petite fatigue mêlée d'ennui l'en empêcha. Il se sentit plus seul que jamais et se murmura pour lui-même qu'il allait « avoir le cafard ».

Le dernier client finit par s'en aller. Alain aida sa mère à fermer les volets de bois. Il voulait rester le plus longtemps possible pour voir. Son plus cher désir était toujours de *voir* ce qui allait se passer, en toutes circonstances. Analyste sans le savoir, son cerveau fonctionnait sans cesse.

La mère, il le craignait, traînerait encore à la boutique, ou bien l'enverrait se coucher. Elle ne traîna pas, vint s'asseoir en face de Vincent et lui dit bien en face, en le regardant droit dans les yeux :

— Alors, c'est décidé ? Tu pars ?

Vincent lui répondit avec fermeté :

— Oui, je ne puis refuser un tel contrat !

Elle eut presque l'air d'admettre le fait et comme une autre sorte de doute germait en elle, elle ajouta :

— Tu es sûr...

Elle s'arrêta et dit très vite :

— ... Qu'il n'y a pas autre chose ?

Vincent écarta ses mains de son corps et ouvrit de grands yeux innocents :

— Ai-je l'air d'un menteur ?

Par la magie des gestes, il semblait qu'il se

livrât complètement, qu'on pût entrer en lui et déchiffrer ses pensées les plus secrètes. La mère crut à sa sincérité.

Elle sentit quelque chose qui la pénétrait, la rendait faible et amenait des perles de sueur froide sur son front. Elle se leva, dit « Oui, oui... », murmura :

— Je vais faire le lit.

Dans ses moments de dépression, elle éprouvait le besoin d'accomplir quelque geste familier, à l'exemple de ces vieilles qui disent leur chapelet, par habitude, en oubliant qu'elles prient (comme on tricote par exemple), mais dont le geste suffit à écarter les démons et à maintenir en état de pureté.

Elle vit Alain au passage, lui tapa sur la joue, l'embrassa et lui dit :

— Va te coucher, mon petit !

Très impressionné, Alain répondit :

— Oui, m'man !

Il s'aperçut qu'il était fatigué. Il regarda ses pieds et pensa qu'en retirant ses sandales il verrait les marques blanches laissées par les lanières sur sa peau sale. Il fit un signe d'adieu à Vincent qui y répondit machinalement.

La pensée des marques blanches ne le quitta pas. Il se déshabilla sans regarder ses pieds et se coucha. Une fois dans son lit, il se sentit beaucoup mieux. Les objets l'enveloppèrent. Il glissa dans le sommeil comme dans une boîte.

La femme tapota le lit, tira les draps et un air de romance se fixa dans son esprit :

*S'ils sont chiffonnés, c'est de nos prouesses*
*En sont-ils moins beaux ?*

Le sentimentalisme l'envahit et l'emmena loin de Vincent. L'air revenait sans cesse :
– *S'ils sont chiffonnés...*
Par association d'idées, elle pensa à son visage et se frotta les joues.

Vincent, lui, fixait obstinément son journal, sans lire. Son visage devenait dur, il ne voulait céder à aucun attendrissement. Tout l'ennuyait ; pour un peu, il se serait levé, il aurait ouvert son squarmouth et y aurait jeté pêle-mêle ses objets, serait parti sans dire un mot. Mais il avait besoin que tout finît au mieux, un peu en queue de poisson, pour que la femme et Alain gardent un bon souvenir de lui, pour que la mère ne parle pas plus tard de lui au petit enfant blond avec des sarcasmes, pour qu'on ne dise jamais « le sale nègre ». Il fallait qu'ils se séparent comme s'ils devaient se revoir un jour, même persuadés que cela ne serait jamais.

Il pensa à ces derniers jours, comme à la fin des soirées où las de jouer, les Cuban-Boys grattaient leurs cordes, soufflaient dans les cuivres sans entrain, souhaitant déjà un lendemain où, dispos, ils dispenseraient le rythme de toute leur ardeur.

Il pensa au contrat, à Casablanca, la ville neuve, aux conquêtes qu'il y ferait, à la vie insouciante. Les amis se resserreraient autour de lui, il redeviendrait comme avant sa fâcheuse liaison, avant les moments difficiles, l'enfant chéri de la troupe, celui qui remue son corps harmonieusement et que les femmes regardent avec envie malgré les maris. Son expression favorite lui revint et il concrétisa sa pensée en se disant : « Le billard va reprendre !... »

Sa vieille maîtresse interrompit ses pensées et, se présentant le visage décomposé, commença une scène odieuse, lui reprochant tout ce qu'il ne lui avait pas demandé, et qu'elle avait librement consenti.

Posant ses larges mains sur ses épaules, il la secoua légèrement. Elle s'effondra sur sa poitrine en pleurant.

Il lui caressa les cheveux comme à une toute petite fille. Elle leva les yeux et dit :

— Dans six mois, tu ne reviendras pas !

— Mais si, mais si..., fit-il.

— Non !

Elle se redressa et avec orgueil lui jeta :

— Non, c'est moi qui ne veux pas que tu reviennes !

Vincent la lâcha et confia :

— Tout va être très difficile entre nous ! Il faut faire « bien ». Tu as besoin de repos. Pourquoi ne partirais-tu pas passer quinze jours à la campagne ? Je connais un hôtel dans l'Oise où tu serais très bien !

Son orgueil reprenant le dessus, par défi, elle s'approcha de lui, rejeta sa tête en arrière, sourit, devint presque tentante. Par un dernier miracle de volonté, ses yeux brillèrent. Sa tête tourna légèrement sur le côté, elle lui baisa les lèvres. Machinalement, il la prit dans ses bras. Elle revendiquait une dernière nuit.

LE lendemain, la rue connut un drame. Arrivèrent tout d'abord les pompiers, puis la police. La locataire du premier avait laissé au sol une bassine d'eau bouillante et son bébé resté seul y était tombé. Elle criait comme une folle tandis qu'on emmenait le petit corps brûlé. Elle voulait se jeter par la fenêtre et chacun était bouleversé. Trois ou quatre femmes tentèrent de la calmer, se relayant auprès d'elle jusqu'à ce qu'elle s'apaisât. Elle craignait surtout le retour de son mari, mais quand il revint à midi et qu'on lui annonça la chose, il devint tout pâle et courut au contraire vers sa femme pour la prendre dans ses bras. Plus tard, on fit annoncer de l'hôpital que le bébé était mort.

Toute la matinée fut occupée par les commentaires, et pour la mère qui ne s'en priva pas, ce fut une diversion. Les qualités de la malheureuse locataire du premier furent énumérées.

On en parlait comme d'une coupable ayant des circonstances atténuantes.

Pour la concierge du 77, ce fut une occasion de se réconcilier avec celle du 78. Alain pensa moins à la disparition du bébé qu'à la douleur qu'il avait dû ressentir. Il questionna et on lui indiqua qu'à un certain point de souffrance on ne sentait plus rien. L'enfant ne le crut qu'à moitié, mais cela le rassura un peu.

Madame Papa secouait la tête d'un air aigre-doux, insinuant que « ce n'était tout de même pas raisonnable de laisser au sol une bassine d'eau chaude auprès d'un enfant ». La Cuistance jugea cette réflexion déplacée et digne d'une « mangeuse de nouilles ». L'autre lui répondit qu'il valait mieux manger des nouilles que toute autre matière qu'elle alla jusqu'à nommer.

Heureusement, la femme de l'Italien dit avec philosophie :

– Bah, ils sont jeunes, ils en feront d'autres... Et de regarder sa marmaille qui la suivait.

Chaque femme pensa à ses enfants et on parla du mal qu'ils donnaient, de la surveillance incessante dont ils avaient besoin, etc. Les quelques gosses présents se sentirent coupables et Alain lui-même s'éloigna en baissant la tête.

Quand Vincent se leva, il lui conta l'histoire.

Il répondit que c'était malheureux, mais ne fit aucun commentaire.

L'enfant pensa à la douleur, aux supplices, à tout ce que l'homme peut inventer pour faire mal à l'homme. Il revit les châteaux forts de son histoire : l'huile bouillante coula. Il pensa au supplice de l'eau, à celui de la roue, aux ongles arrachés. Il ferma ses poings et eut très mal au bout des doigts. Il se dit aussi qu'il pourrait mourir un jour, mais cela lui sembla fort loin, tellement loin qu'il se persuada que peut-être il ne mourrait jamais. Et Noé, avec ses six cents ans, le hanta. Il fit de savants calculs qui le conduisirent vers l'avenir promis par les histoires d'anticipation lues dans ses illustrés. Il se vit traversant les airs dans une étrange carapace, à la conquête d'autres univers.

Quand il en retomba, il revint vers le bébé brûlé vif ; souffrant avec lui, il cacha son visage dans ses mains et, assis sur son petit banc, recroquevilla le plus possible son corps.

— Tu fais le hérisson ? demanda Vincent.

— Qu'est-ce que c'est ?

— Une petite bête avec de grands piquants.

— Ah je sais ! se souvint Alain, un porc-épic !

— Si tu veux, admit Vincent.

Alain, intrigué, s'inquiéta :

— Pourquoi suis-je un hérisson ?

— Parce que tu te roules en boule comme ils le font quand il y a du danger.

— Mais moi, je n'ai pas de piquants ! dit Alain, et il fit rouler ses cheveux soyeux dans ses mains.

— Non, c'est une fourrure ! dit le nègre.

— Et puis, il n'y a pas de danger !

— Bien sûr que non !

Alain oublia le bébé, l'eau bouillante et le reste. Il se mit à siffler des airs qu'il croyait inventer.

Vincent passa beaucoup de temps à accorder sa guitare. On aurait cru qu'il préférait les moments où il accordait et soignait son instrument à ceux où il en jouait. Il semblait d'ailleurs lancé dans une grande entreprise de nettoyage. Il prit ensuite ses chaussures et, après les avoir cirées, les fit briller avec la paume de sa main. Sa trousse de toilette fut l'objet de tous ses soins. Il vérifia la fermeture des flacons, nettoya le rasoir et lissa les poils du blaireau.

Les yeux d'Alain brillèrent quand il le vit sortir d'un sac les gants de boxe. Vincent les enfila et fit mine de se battre contre son ombre, puis il les cogna l'un contre l'autre, les retira, les fit sauter et avec le visage qu'on prend lorsqu'on va tirer à pile ou face dit à l'enfant :

— Tiens, je te les donne !

Stupéfait, Alain ne put s'empêcher de répondre :

— Ah non ! ce n'est pas possible !

— Si, si, prends-les, ils sont à toi.

— Et vous ?

— Oh, j'ai assez fait de boxe, ça ne me dit plus rien !

L'enfant alla ranger les gants, persuadé que cette possession ne serait jamais complète et qu'un jour on les lui retirerait. Il revint et se confondit en remerciements.

— Ils sont bien usés, dit Vincent.

Alain pensa que les gants ne pourraient pas lui servir avant la fin des vacances. Ils l'amusaient, mais dans la mesure où il pensait que les copains les admireraient, les lui emprunteraient, les essayeraient. La joie fut grande tout de même de constater qu'une chose réservée aux grands avait une chance de lui appartenir.

Il continua de regarder Vincent ranger ses affaires, mais avec le sentiment obscur que ce dernier pourrait croire qu'il restait là comme un chien dans l'attente hasardeuse d'un autre sucre. Il se sentit gêné, mais resta tout de même.

Il demanda :

— Pourquoi rangez-vous vos affaires ?

Le nègre le prit aux épaules, le regarda bien en face, lui sourit, mais ne répondit pas.

L'enfant pensait à un départ, mais en désirait confirmation. Rien ne la lui donnait : tout se déroulait trop calmement. Quand Vincent s'était rendu à Vichy, la mère en avait beaucoup parlé à la boutique. Cette fois, le père Biscot, la mère Étienne, Lucienne étaient venus et il n'avait été question que de l'accident du matin.

Il pensa qu'il « vieillissait ». Depuis quelques jours, la marelle ne l'amusait plus. Plus rien ne le tentait. Il n'avait pas envie de jouer, mais de regarder, d'être immobile et d'assister à de nouveaux spectacles. Il demeurait dans l'attente des vacances promises. Août se terminait et rien n'était encore fixé. Il n'osait en parler et aussi craignait de quitter tout ce qu'il aimait, de plonger dans le vague, dans l'indéfini.

Chouquette maintenant savait très bien faire la belle et même danser en tournant. Il ne se privait pas de lui imposer ce travail. Il s'approcha d'elle et constata qu'elle avait les yeux bêtes. Il retint un coup de pied, mais lui tapa sur l'échine avec sa main pour qu'elle s'éloignât.

La mère vint caresser les cheveux de Vincent. Elle lui parla tout bas et, comme il lui désignait Alain, alla dans sa chambre en pleurant.

L'enfant eut envie de la suivre, mais un aimant le retint. Il ne voulait pas commettre d'erreurs. La situation lui paraissait trop compliquée.

246

Il se contenta seulement de prendre une bouchée au nougat et d'y planter ses dents, conscient que son travail de mastication lui ferait oublier bien des choses.

Dehors, deux sourds-muets passèrent, échangeant des signes et se livrant à leur mimique expressive. Alain regarda ces mimes et pensa qu'on lui avait appris un bien vilain mot qu'il pouvait traduire dans leur langage. Dans sa poche, ses doigts l'interprétèrent.

La bouchée mangée, il eut soif. Il se versa de la limonade. Sa soif étanchée, il eut envie d'une autre bouchée, mais sa volonté dit un « *non* » catégorique. Il ne voulait pas entrer dans ce cercle infernal où la gourmandise amène la soif ; la soif finie, la faim, etc.

Il ouvrit un tiroir où gisaient trois vieux soldats de plomb et autant de billes. Il fut satisfait et imagina un jeu de quilles à sa façon ; il sortit pour l'expérimenter devant la porte.


Vincent vint bientôt le rejoindre. Il le regarda jouer un moment et l'enfant se sentit plus maladroit que jamais. Il mit dans la poche de sa culotte, au risque de la déchirer, les soldats et les billes.

– Veux-tu m'accompagner au bureau de tabac ? demanda le nègre.

Alain ayant accepté, ils descendirent vers la rue Ramey. En marchant, l'homme lui donna quelques tapes amicales sur l'épaule.

Au tabac, ils s'assirent et commandèrent des consommations. Alain joua avec sa paille et il lui sembla qu'un verre durait plus longtemps lorsqu'on l'aspirait ainsi. Vincent tira une cigarette et, après l'avoir allumée, dit à l'enfant en soufflant sa fumée au fur et à mesure qu'il parlait :

– Je vais partir en tournée à Casablanca.

– Ah bon ? fit Alain, qui ne savait trop quelle attitude prendre.

– C'est très loin, Casablanca... et je ne reviendrai probablement pas avant longtemps, plusieurs mois, plus peut-être...

– C'est si loin que ça ?

– Non, en avion, on y est très vite. En bateau, ce n'est pas long non plus...

– ... Vous prendrez quoi ?

– L'avion, je pense.

Les yeux de l'enfant s'agrandirent. Il connaissait maintenant quelqu'un qui allait voyager en avion.

– Vous n'avez pas peur ?

– De quoi ?

– De tomber !

— Ça, dit Vincent en riant, c'est un risque à courir.

— Et pourquoi, demanda Alain, resterez-vous si longtemps ?

— Je suis engagé par contrat et quand on a signé, c'est fini, on est lié.

— Il ne fallait pas signer ! déclara Alain.

Vincent sourit et, du bout du doigt, toucha une mèche de cheveux d'Alain :

— Il y en a trop dans cette tête ! Ça te fait donc tant de peine que je te quitte ?

Alain sentit la nécessité d'élever son petit mur et de se cacher derrière. Il se hérissa, eut l'envie de dire que « non », que ça lui était égal, qu'il serait bien tranquille, qu'il ferait ce qu'il voudrait, qu'il... qu'il...

Il ne dit rien de tout cela. Simplement, il éluda la question car il ne savait que dire. Il secoua la tête pour remettre ses cheveux en place et vaguement mimer une réponse, puis il se pencha sur sa paille et aspira le liquide.

Quand il releva la tête, il vit que Vincent avait l'air embarrassé, plus encore que lui-même ; ils se regardèrent et quand le silence devint gênant, quand il crut lire dans le regard de l'homme une supplication, il prit l'initiative de prononcer les mots nécessaires pour « recoudre » la conversation.

— J'espère que vous ferez bon voyage ! Les autres... hommes de couleur vous accompagnent ?

— Oui, sauf le vieux qui est fatigué.

— Ah !

— Tu le savais peut-être, que nous partions ? Ta maman te l'avait dit ?

— Non, mais j'avais compris quelque chose comme ça.

Il y eut un silence. Puis Vincent demanda :

— Tu iras en vacances en septembre ?

— Je le crois, je ne sais pas encore..., dit Alain, qui espérait apprendre quelque chose.

— Il faudrait que ta maman aille avec toi.

— Pour me conduire, oui !

— Et aussi, qu'elle reste un peu pour se reposer.

— Oh, oui !

Tout le visage de l'enfant s'éclaira :

— Ce serait... merveilleux !

— Je lui en ai parlé.

— Qu'a-t-elle dit ?

— Rien encore.

Vincent tira sur sa cigarette et secoua les cendres au sol, bien qu'un cendrier fût posé sur la table, ce qu'Alain remarqua.

— Veux-tu une autre grenadine ?

— Non, dit Alain tout d'abord, puis il se ravisa :

— Oui, oui, s'il vous plaît. Je peux prendre une autre paille ?

250

Vincent commanda d'autres consommations et confia à l'enfant en chuchotant :

— Nous prendrons toutes les pailles !

— Et on ne nous dira rien ?

— Ils n'oseront pas !

La bouche d'Alain s'arrondit une fois de plus. Il leva les yeux sur le garçon qui déposait un verre devant lui et, se sentant coupable, les baissa aussitôt. Vincent leva son verre :

— Tchin, tchin !...

— A la vôtre, répondit Alain, qui n'osait pas employer telle expression.

En se penchant sur son verre, il regarda danser quelques bulles et pensa qu'il avait bien fait d'accepter un nouveau verre. Il avait cette manie de refuser tout d'abord et de se raviser ensuite. Il devait être ridicule.

— Quand je serai parti, dit le nègre, ta maman sera triste...

Alain n'eut pas envie de répondre. Il savait qu'en effet elle serait triste, mais n'éprouvait nul besoin de l'entendre dire.

— Elle sera toute seule, de nouveau, continua Vincent.

Alain se redressa un peu. Juste assez pour que rectification fût faite :

— Toute seule avec toi. Tu devras te conduire en homme !

Alain pensa qu'il ne saurait jamais arrêter une voiture en marche et se sentit, en réalité, très petit. Vincent continua :

— Tu devras être très gentil avec elle, tu devras la protéger. Il faut qu'elle puisse compter sur toi.

Il s'arrêta, fit claquer ses doigts et s'aperçut qu'il se lançait dans une histoire impossible. Lui, le beau Vincent, faisant de la morale et des recommandations à un gosse !...

Alain se souvint du discours tenu par sa mère avant l'arrivée de Vincent : « Tu seras gentil avec lui, etc. » Tout recommençait dans l'autre sens. L'enfant jugea cette nouvelle recommandation superflue. Il n'avait pas besoin qu'on le conseillât sur ce point. Peut-être son sourcil droit se releva-t-il, en signe d'ironie, car Vincent se trouva gêné. N'importe ! il était lancé, il fallait aller jusqu'au bout et l'homme continua tout en ayant conscience de son ridicule.

L'image le traversa de sa vieille maîtresse, debout derrière son comptoir, obligée d'entendre pendant une éternité des discours oiseux. La pitié qu'il prit d'elle l'encouragea à parler à Alain et, petit à petit, il eut l'impression de gagner du terrain, de tenir l'enfant suspendu à ses lèvres.

Il parla d'une voix grave, contenue, mystérieuse, et plutôt que de se livrer à de sèches recommandations, s'exprima par paraboles.

Alain retint seulement que sa mère allait ressentir un grand froid, comme lorsqu'on vole son manteau à un pauvre. Il faudrait rester près d'elle le plus souvent possible pour l'empêcher de frissonner et lui seul possédait le pouvoir d'éloigner l'hiver, d'être un petit soleil auprès d'elle.

Cette image ravit l'enfant et, s'il ne comprit pas exactement le sens du discours de Vincent, il eut du moins l'envie d'être ce petit soleil.

La conversation revint à son point de départ et l'on parla surtout du voyage. Des noms de lieux fleurissaient et chaque fois qu'une ville était nommée, il semblait à l'enfant qu'on la dépassait et qu'on était dans l'attente d'autres découvertes mystérieuses.

Vincent voyageait déjà et quand ils remontèrent vers la boutique, il était un grand voilier et l'enfant un plus petit voguant dans son sillage.

La femme les attendait. Elle congédia presque la mère Étienne et le père Biscot attardés au comptoir. Ils ne protestèrent point.

Tandis que Vincent allait vers l'arrière-boutique avec la mère, Alain, se retournant vers la vitrine de gauche — celle aux bocaux de bonbons —, eut la surprise de voir un spectacle familier qu'il avait pourtant oublié depuis quelques semaines : la présence de nez et de doigts écrasés contre la vitre.

Il reconnut Loulou et Capdeverre, hilares et railleurs, tout bronzés, qui lui firent des signes. Sa poitrine se gonfla, car la joie y pénétrait. Il se précipita vers eux ; il les aurait embrassés, mais une pudeur masculine l'en empêcha. Ils se serrèrent la main en se donnant de grandes claques sur l'épaule.

Alain répéta :

– Déjà les gars, déjà, déjà ?...

Il s'aperçut qu'il ne trouvait rien à leur raconter. Il en avait pourtant le désir. Avant de les laisser parler, il dit, pour s'excuser :

– Moi, je partirai peut-être fin septembre ; il fera moins chaud !

Les autres s'esclaffèrent en montrant leur peau hâlée. Alain prit leurs mains pour comparer avec sa propre peau si blanche. Il ressentit une petite piqûre et pensa qu'il était mieux d'être blanc.

Capdeverre avait subi des coups de soleil et son épiderme en pelant avait formé des cartes géographiques. Alain, en désignant la nouvelle peau rose des jambes, dit :

– Ça, c'est l'Amérique, ça l'Afrique...

Ils rirent ; les enfants le regardaient gentiment.

– Vieux mercanti, va ! dit Capdeverre.

– Va donc, eh, gardien de la paix... répondit

Alain, puis se reprenant : ... Gardien de la paix, gardien de la pêche...

Ils rirent de nouveau et Loulou dit :

— Capdeverre bouffe chez bibi !

Il se tapa la poitrine avec son pouce puis d'un mouvement comique se frappa le front.

— J'ai une idée !... je reviens...

Il courut chez lui et revint aussitôt :

— Tu manges avec nous, Alain ! Maman veut bien. Demande la permission à ta mère.

Alain parut embarrassé :

— Ah, non !... pas aujourd'hui. Non vraiment, aujourd'hui, je ne dois pas.

— Qu'y a-t-il aujourd'hui ?

— Oh... rien.

— Alors, ça marche !...

Et d'autorité Loulou entra dans la boutique demander la permission pour son camarade. La mère accepta plus vite qu'on ne l'eût espéré.

— Tu seras sage ! recommanda-t-elle à Alain.

— Oui, m'man !

Il s'éloigna entre ses deux camarades, un peu fous, encore grisés d'air pur et de soleil. Il regarda la jambe rouge de Capdeverre et pensa que sa maman aussi avait les yeux rouges. Il essaya de se raccrocher à cette pensée ; pourtant, il glissa dans le tourbillon des rires.

Alain s'attarda dans la contemplation des bras velus du père de Loulou. L'homme riait toujours et parlait autant que les enfants. On sentait pourtant que Loulou le respectait et qu'il était bien le maître du lieu.

« Il fait rire ses moustaches », pensait Alain en le regardant les essuyer du bout des doigts. Quand la large main se posait sur le cou du petit invité avec une force amicale, ce dernier sentait qu'une chaleur douce le pénétrait et il enviait Loulou d'avoir un tel père. Les trois petits avaient beaucoup à se dire et Alain entra dans les histoires que lui contaient les deux autres. Il finit par croire qu'il avait lui-même fait des farces aux surveillants de la Colonie, qu'il s'était baigné dans la rivière aux sangsues ou qu'il avait préparé la cuisine en plein air...

Loulou et Capdeverre le voyant « dans le coup » l'acceptèrent. Pour ne pas demeurer en reste, il parla du bébé ébouillanté, ce qui permit à la mère de Loulou de participer à la conversation.

On servit a Alain un demi-verre de vin rouge (Tiens, ça fait pousser les moustaches !...) et il trinqua avec ses camarades, fier d'avoir son rôle dans la compagnie.

Au dessert, il pensa un peu à sa mère qui

aurait aimé la compote de rhubarbe. Il imagina qu'elle pourrait être là, échangeant des impressions avec la mère de Loulou, lui donnant des recettes de cuisine, parlant du coût de la vie... Comme quelque chose manquait à ce qu'il imaginait, Vincent vint prendre place en pensée aux côtés du père de Loulou et il calcula quelle force les deux géants réunis, le blanc et le noir, pourraient représenter. Il pensa à l'arrière-boutique comme à une ruine triste, comparée à cette table pleine de rires et de laisser-aller bon enfant.

— Il est encore dans la lune ! constata Loulou en le désignant.

La mère de Loulou l'embrassa comme si elle comprenait qu'il se passait dans sa tête quelque chose de peu ordinaire. Elle parla ensuite d'un monsieur vieux et riche chez lequel elle faisait des ménages. Il vivait seul et disait toujours qu'« aucun être humain ne vaut qu'on lui sacrifie le spectacle d'un coucher de soleil ».

Le père de Loulou mit son poing sous son menton comme pour bien réfléchir au sens de cette phrase et ne pas la juger légèrement. Enfin, il explosa en déclarant que dire cela était la chose la plus horrible qui fût au monde, que de tels êtres étaient et rendaient malheureux. Il répéta plusieurs fois :

— Ce n'est pas bien ! Ah non, ce n'est pas

bien. Tous les hommes doivent s'aimer et s'entraider. Les hommes sont frères. Le soleil brille pour tous !

Alain ne comprit pas très bien et ne retint de ce qu'il disait que le mot homme et le mot soleil ; il pensa au « petit soleil » qu'il avait promis d'être pour sa mère.

Bientôt, la conversation en revint aux vacances et le père de Loulou dit aux enfants, en grossissant un peu sa voix.

— Ah, vous êtes de rudes gaillards !...

Cette parole rapprocha encore les trois amis. Loulou, de temps en temps, tirait un poil du bras de son père mais ce dernier ne se fâchait jamais, remarquant seulement :

— Vas-tu finir ? Ah, qu'il est embêtant, ce moustique...

— Non ! pas « moustique » !... protestait Loulou.

— Alors, laisse-moi.

Alain regarda Capdeverre, bien calé sur sa chaise et qui faisait rouler d'une joue à l'autre une boule de nourriture.

— Tu t'en mets plein la lampe ! lui dit-il.

— Et toi, tu suces tes doigts !

— Tu vas devenir gros comme une barrique !

— Et toi comme un... comme Bibendum !

Des rires fusaient à chaque réponse. La mère

de Loulou était ravie que les enfants apprécient sa cuisine.

Un silence se fit. Alain soupira fort et se demanda pourquoi on ne voyait jamais le père de Loulou à la buvette comme les autres hommes. Il regarda les fleurs sur le papier peint, l'allure coquette de la pièce ; il pensa qu'on y était bien mieux qu'à la buvette et que c'était là l'explication. Une arrière-pensée gâtait sa joie. Il avait nettement l'impression qu'ailleurs un drame se jouait sans lui, qu'il était lâche de ne pas en être.

Il posa ses mains sur ses genoux et regarda un à un tous ses amis en souriant tristement. Il observa que la table était ronde alors que chez lui un des côtés était rabattu pour qu'on puisse la ranger contre le mur. Il pensa que quelque chose manquait à la table de sa mère et que ce mur l'empêchait d'être comme elle l'aurait dû réellement. Une table autour de laquelle on ne pouvait pas tourner avait quelque chose de faux. Ici tout demeurait harmonieux. En face de soi, on voyait toujours un visage et non un mur.

– C'est bien, ici ! laissa-t-il échapper.

Les enfants ne prirent pas garde à ses paroles, mais le père de Loulou fit « sourire sa moustache » et la femme lui glissa un nouveau morceau de gâteau dans son assiette.

259

Il se sentit réconforté, mais comme s'il avait eu le secret désir de se tourmenter pensa qu'il trahissait sa mère en entrant dans une intimité où elle ne figurait pas. Parfois, son front se penchait et il se plongeait dans des réflexions profondes. Il commençait à en prendre conscience et, quand il relevait la tête, cela se traduisait par des signes de vie plus accrus. Il éprouvait toujours l'envie de demander à ses camarades ce qu'ils pensaient lorsqu'ils étaient seuls, seule la peur qu'on se moque de lui le retenait. Il ne faisait que s'apercevoir que chacun a sa part incommunicable, son petit recoin de pensée où nul ne peut pénétrer. Il l'admettait encore pour les grandes personnes, ne se sentant pas à leur portée et ne pouvant, par conséquent, se comparer à elles. Il aurait tant aimé parler à ses camarades justement de ce dont il n'était jamais question !

Une fois, pourtant, il avait posé la grande question à son ami Loulou, celui qu'il sentait le plus proche de lui :

— Tu es mon ami ?

— Oui.

— Alors, quand tu penses à moi, tu penses que tu m'aimes ?

Loulou l'avait regardé stupidement :

— Ben... j'sais pas... T'es dingue ?

Alain avait senti qu'il ne le comprenait pas et gêné lui-même avait vite changé de conversation. Jamais, il n'avait essayé avec Capdeverre ; il pensait que le petit Samuel saurait peut-être le comprendre mais il ne sortait que tenu par sa mère qui ne voulait toujours pas qu'il se mêlât aux autres enfants, aux « gosses des rues ». Avec sa maman à lui, c'était bien autre chose : elle était toujours trop occupée pour parler de tels problèmes, elle lui aurait signifié de se taire ou bien d'aller apprendre ses leçons même s'il les connaissait déjà. Alors, le demander à qui, qui ? qui ? Il sentait qu'au fond de lui existait une réponse à cette question mais ne parvenait pas à la trouver : c'était ce « quelque chose qu'on a au bout de la langue » et qu'il est impossible de découvrir parce que des forces étrangères, ingouvernables vous en empêchent.

Après le repas, la mère de Capdeverre vint prendre le café et les enfants organisèrent une partie de puzzle sur le parquet si propre. A « quatre pattes », ils assemblèrent les morceaux de bois. Alain regardait surtout ses camarades en caressant les pièces qui n'avaient pas encore trouvé leur place. Il trouvait leurs formes jolies ; certaines ressemblaient à des taches d'encre qu'on aurait pu cueillir sur les cahiers des mauvais élèves.

L'envie de quitter ses amis, de courir vers la boutique le tenailla, mais il sut ne pas y céder ; l'instinct et une sorte de peur le retenaient.

Comme ses camarades le traitaient à nouveau de « Jean de la Lune », il retomba au sol et s'efforça de plaisanter, de les faire rire, de participer à leurs jeux ; il sentit que tout tombait à plat et que sa voix était mal assurée, sonnait comme si elle venait d'une autre bouche que la sienne. Il vit que Loulou et Capdeverre s'entendaient bien, avaient des tas de choses en commun, il ressentit une légère pointe de jalousie et pensa qu'il ressemblait au petit jeton jaune qui remplaçait un des beaux pions perdus du jeu de dames de la boutique. Il dit :

— Je suis un peu fatigué, les gars, faut pas m'en vouloir !

— Bien sûr, répondirent les autres, tu n'es pas allé en vacances, toi... C'est normal !

— Oui, c'est normal, fit Alain.

Le père de Loulou se leva, enfila sa veste, embrassa son épouse, serra la main de madame Capdeverre et dit aux enfants :

— Alors, les petits hommes, contents ?

— Oh, oui, m'sieur ! répondirent Capdeverre et Alain.

L'homme embrassa Loulou et serra les mains des autres. Il sortit, emmenant son sourire avec lui. Ce départ finit de briser le charme. Alain murmura :

— Il faut que je parte...

— Mais non, mon petit, dit la mère de Loulou, tu peux rester encore...

— Ta mère a dit : « Jusqu'à quatre heures »... protesta Loulou.

Alain dit simplement : « Oui ! »

— Tu ne t'amuses donc pas avec tes petits amis ? demanda madame Capdeverre.

— Oh, si Madame, je m'amuse !

Et il fit semblant de s'amuser. Maladroit, il ne parvenait pas à placer les pièces du puzzle et se faisait railler par ses camarades. Il pensa à la campagne et se demanda si vraiment il y partirait. Il imagina le voyage en chemin de fer qui pour lui revêtait autant d'importance que le séjour lui-même. Plus petit, il imitait le train et descendait vers la rue Custine en frottant ses pieds contre le sol et en faisant : « Tch... Tch... » L'hiver, il pouvait même faire de la fumée en soufflant dans l'air froid. Cette pensée le ramena à celle de ses cahiers ; il soufflait ainsi sur la page d'écriture quand il n'avait pas de buvard. Il aurait bientôt un cahier neuf : la rentrée n'était pas tellement loin. Il rêva de protège-cahiers colorés, de papier bleu à couvrir les livres avec de fraîches étiquettes portant les titres dans une ronde approximative. Un livret neuf couronnerait le tout. Ce dernier, sa mère le couvrirait elle-même car il est nécessaire d'y coudre la couverture. Peut-être aurait-il un nouveau livre de lecture dont il découvrirait les belles histoires.

Il pensa qu'il devrait beaucoup travailler, mais il avait confiance en lui. Jamais les résolutions n'avaient été aussi bonnes.

Tout se brouilla dans sa pensée et il ressentit une douleur nerveuse au creux de l'estomac. Il avait bu un peu de vin et sa tête tournait, sa langue était sèche. Il aurait aimé avoir le siphon à portée de sa main pour en porter le bec à sa bouche et recevoir le jet froid et gazeux contre sa langue.

Il était « à quatre pattes » et il se dandina d'un bras sur l'autre ; celui de gauche le poussait à se lever, à partir, à courir vers la boutique, et celui de droite, au contraire, le tirait au sol avec pour allié tout le poids de son corps. Ses mèches tombaient sur ses yeux mais il ne les écartait pas, préférant garder entre son regard et ceux de ses camarades ce rideau qui l'isolait.

Brusquement, il se demanda s'il irait vraiment en vacances et eut l'impression que c'était impossible. S'apercevant que cette pensée ne l'attristait pas, il s'en étonna.

Loulou et Capdeverre rangèrent le puzzle. Le jeu les lassait. Ils avaient envie encore de remuer, de courir comme à la campagne. Loulou revint à ses souvenirs et dit à Alain :

— Tu sais, nous avons une grotte !

— Une grotte ?

— Oui, nous l'avons découverte à la campagne. Personne ne la connaît et elle nous appartient.

— Quelle importance, questionna Alain, puisque vous ne retournerez peut-être jamais dans ce pays ?

— Ça ne fait rien, elle est à nous ! répondit Loulou approuvé par Capdeverre.

— Oui, je vous comprends..., dit Alain après réflexion.

Il pensa à son terrain auquel il n'allait plus. Il eut subitement l'envie d'y retourner, de vérifier si le morceau de tôle et les quatre pierres étaient encore là. Le Terrain lui sembla très loin, plus loin que la grotte de ses camarades. Il lui parut étrange de penser qu'il pourrait s'y rendre le soir même. Aimable et compréhensif, il murmura :

— Elle est bien votre grotte ?

— Oui ! rétorqua Loulou. On entre par un trou sous les ronces. Il y a d'abord un souterrain. Il faut se coucher à plat ventre ; la première fois, on n'y voyait rien...

— Tu avais la frousse ! interrompit Capdeverre.

— C'est toi qui avais les grelots ! s'indigna Loulou.

Ils commencèrent à se disputer, mais Alain voulait en savoir plus long :

— Après, les gars ?

— Après nous avons trouvé des bougies et nous y sommes retournés.

— Vous n'aviez pas peur des bêtes ?

— Pas moi, toujours ! déclara Loulou en regardant Capdeverre de côté.

Ce dernier se contenta de hausser les épaules.

— Après, après ? questionna Alain qui en oubliait tous ses soucis.

— Au bout du souterrain se trouvait une grande salle.

— Qu'y avait-il dans cette salle ?

— Rien, des pierres et puis... si : un lézard.

— Gros ?

Loulou rapprocha ses deux index, les écarta raisonnablement.

— Il ne faut pas avoir peur pour aller là-dedans !

— Non ! c'est surtout l'entrée qui est petite. Il faut faire le serpent et puis, on a peur que tout vous dégringole sur le dos.

Alain réfléchit un instant et dit :

— Mais une grande personne ne pourrait pas
y entrer ?

— Ça... Rien à faire ! répondit Capdeverre.

Le souterrain parut alors à Alain la chose la
plus merveilleuse qui fût au monde. Un lieu
offert par la nature aux seuls enfants afin qu'ils
pussent s'y cacher, un lieu leur appartenant, où ils
entreraient en prenant bien garde à ce que nul ne
les vît. En rentrant, quand les parents posent la
question : « Où es-tu allé ? » on peut répondre :
« Rue Ramey » ou bien « Au Sacré-Cœur » en
riant de la bonne plaisanterie qu'on vient de faire.

— Vous avez de la chance ! dit-il.

Les autres se rengorgèrent puis Loulou fit une
pause, rêva un peu.

— C'est tout de même beau la campagne !
dit-il.

— Et dire qu'il y a des gars qui y sont tout le
temps ! constata Capdeverre.

— Ils vont chercher des nids, ils attrapent des
lapins au collet, ils pêchent des truites à la main
dans la rivière...

— Mais leurs parents les font travailler !

— C'est vrai, ils se lèvent tôt...

— Paris, c'est bien quand même, hein, les
gars ? demanda Alain anxieux.

— C'est autre chose, répondit Capdeverre.

— Et nous avons fumé, reprit Loulou.

— Sans blague ?

— Oui, une plante dans la forêt.

— Et... ça fume ?

— Meilleur que du tabac ! assura Loulou.

Madame Capdeverre s'en alla après avoir fait bien des politesses à la mère de Loulou.

— Je vous laisse le petit, dit-elle.

— C'est ça, comptez sur moi...

Alain prit ses camarades par les épaules et s'approcha pour leur confier un grand secret.

— Vous savez, mon terrain...

— Oui, alors ?

— Je le partage avec vous !

— C'est chic ! dirent les enfants.

— Tu seras le chef, ajouta Loulou.

Alain sourit, se recueillit et dit :

— J'accepte, les gars !

Il ajouta :

— Je suis chic avec vous, hein ? C'est un fameux terrain, nous y serons bien. Oh, bien sûr... pas si bien que dans votre grotte...

Loulou et Capdeverre se consultèrent, puis :

— Nous partagerons aussi la grotte. Elle est à toi. Tu ne la connais pas mais ça ne fait rien, elle est à toi aussi.

— Merci ! Oh... merci...

Ils se serrèrent les mains pour sceller le pacte.

— Eh bien ? Ça va ?... dit la mère de Loulou, qu'est-ce que ça cache ?

— Oh, rien.

Ils se regardèrent. Il fallait que nul ne connût leur double secret. Sans qu'une parole fût échangée, ils se comprirent et se sentirent liés.

— Vous êtes gentils, dit Alain, de me raconter vos vacances. Si je vais à la campagne, je vous raconterai les miennes...

Sa voix se brisa un peu car il n'était plus du tout sûr d'y aller.

— Et si tu n'y vas pas ?

Alain se redressa et prononça sur un ton de défi à tout ce qui se liguait contre lui :

— J'inventerai !

Ils prirent des livres et jouèrent encore. Maintenant, dehors une pluie fine tombait. Alain alla jusqu'à la fenêtre et tapota la vitre. Il se retourna et demanda à partir, prétextant une course qu'il devait faire pour sa mère.

— Ne pars pas par ce temps, conseilla la mère de Loulou.

— Si, il faut, il faut que j'y aille !

Il serra bien vite les mains de ses camarades et de la mère de Loulou qui lui tendit un gâteau sec. Il les remercia et descendit l'escalier. Quand il eut entendu la porte se refermer sur lui, il s'arrêta car il ne savait encore quelle décision

269

prendre, puis descendit en courant. La pluie ne lui fit pas peur et il marcha sous elle jusqu'à la boutique. Arrivé là, il vit que le bec-de-cane était enlevé. Il prit le couloir de l'immeuble jusqu'à la cour et regarda à travers la vitre dégoulinante de l'arrière-boutique.

Vincent, debout près de la table, buvait une tasse de café avec un air ennuyé. La mère était assise près de lui, les coudes sur la table, et tenait son visage entre ses mains. Ses cheveux étaient défaits. Alain ne put voir ses yeux, il constata qu'elle était immobile comme une statue. Il eut envie d'entrer, de la toucher, de rire, de parler à Vincent des chevaux, de l'Arche de Noé, de la piscine, du cinéma, de la boxe...

Il demeura cloué au sol, retenu par un sentiment comparable à celui qu'il avait éprouvé une fois en classe après avoir déchiré sa culotte. Une sorte de honte, de peur, un affreux sentiment d'insécurité. Il ressentit encore sa petite douleur au creux de l'estomac. Il crut avoir trop mangé alors que seule son angoisse le tenaillait.

Il retraversa le couloir et replongea sous la pluie fine à laquelle il offrit son visage.

Il lui sembla qu'il pleuvrait toujours ainsi, que le ciel deviendrait noir, que les maisons seraient grises. Le temps semblait s'être immobilisé sur tous les êtres. Les rues étaient vides. Il revit comme une photographie la scène muette qu'il avait aperçue à travers la vitre : ces deux êtres face à face et immobiles. Il imagina qu'il était le seul à bouger dans ce monde triste et pour ne pas arrêter de vivre à son tour, il marcha contre la pluie, ne voulant pas cacher son visage ou protéger son corps, la bravant, la défiant. Un ruisseau tiède coulait dans ses cheveux, glissait le long de sa nuque, s'étalait sur le col de sa chemise. Sans qu'il sût pourquoi, il se mit à pleurer et pensa que nul ne pourrait voir ses larmes mêlées à la pluie. Un ruisselet salé toucha ses lèvres, il les tendit aussitôt à la pluie comme à un baiser purificateur.

Un chien abrité sous une porte cochère le regarda passer avec des yeux – lui sembla-t-il – eux aussi pleins de larmes.

Il monta les marches de la Butte en caressant la rampe sur laquelle il avait tant de fois glissé. Une eau plus froide coula sur ses mains. Il cessa de pleurer et ne regarda plus que les marches de pierre qu'il gravissait. Du pied, il poussa une flaque et la regarda couler pendant quelques marches. Il ne savait pas très bien où il allait, peut-être au bout de la pluie. Elle cesserait et alors on entrerait dans un tout autre royaume. Il ralentit le pas pour opposer sa lenteur à la rapidité de la pluie qui tombait.

Il caressa sa tête afin de mieux sentir l'eau sur ses cheveux. L'endroit incoiffable, « l'épi », résista à sa main. Alors, il la passa sur son visage pour vérifier si toute la surface en était bien mouillée.

Malgré toute cette eau, il sentait que quelque chose l'oppressait et répandait une chaleur étouffante à l'intérieur de son corps. Il leva la tête et ouvrit la bouche pour boire la pluie, toute la pluie.

Ses yeux reçurent aussi des gouttes et il en ressentit un bienfait. En haut des marches, il regarda la place et dépassa vite les maisons qui pleuraient. Les feuilles des arbres ne retenaient plus l'eau. Il dépassa aussi le square où les rires d'enfants s'étaient éteints, avaient disparu avec l'eau dans le sable des allées. Il dépassa la palissade où la pluie dégoulinait sur les affiches d'un cirque. Les images le retinrent et la vue d'un groupe de tigres lui sembla douce. Des illusionnistes chinois grimaçaient, des acrobates traversaient l'air comme des hirondelles. Derrière le rideau liquide, le spectacle s'animait, prenait toute sa magie. La plus grande affiche était l'apothéose du cirque. Sur la piste ronde, tous les numéros à la fois ; autour une rétrospective des modes de locomotion les plus divers : le train exagérément long, l'avion plus grand que le train, enfin, le bateau plus petit que l'avion. Alain regarda et il lui sembla voir le visage de Vincent sur l'affiche. Il remua la tête, ferma les yeux, chassa un peu la pluie et regardant de nouveau vit que c'était une illusion. Il haussa tristement les épaules et l'eau coula dans son cou.

Il s'aperçut avec stupeur que cette barricade entourait son terrain. Il en ressentit quelque amertume puis s'efforça de ne pas penser qu'une puissance extérieure régissait le destin de sa citadelle. Il réussit à écarter deux planches et à entrer. Son pied s'enfonça dans la terre glaise et c'est avec soulagement qu'il ressentit ce contact familier.

Rien n'avait changé à l'intérieur du Terrain ; seul un amoncellement de briques avait été déposé dans un coin. L'enfant alla vers ses quatre pierres qui n'avaient pas bougé. Le morceau de tôle était toujours là. Il le redressa, se glissa dessous et n'écouta plus que la musique de l'eau le frappant et coulant sur lui.

Il sentit qu'il était trempé jusqu'aux os et que, désormais, plus rien ne pourrait l'atteindre. Il pensa que mouillé à ce point on est invincible. La pluie était vaincue. Tout était vaincu. Il se sentit fort et fier. De nouveau, il était le preux chevalier, le général, l'empereur... Nul ne pouvait rien contre lui. Il ne craignait pas les pierres qu'on pourrait lui jeter, pas les coups, pas le feu, pas la faim, pas la misère, pas le froid...

Il pensait : quand on souffre très fort, quand on est tout au bout de la souffrance, on se dit : « Oui, eh bien, c'est ainsi, je souffre... et puis après ? » Lorsque le froid vous mord, on le laisse pénétrer et l'on songe : « Qu'est-ce que cela peut faire ? Tu es là, Froid, tu me pénètres, tu m'assailles, mais lorsque tu auras envahi mon corps, que feras-tu d'autre ? Tu te croiras mon maître et tu seras mon prisonnier ! »

Il sentit une pierre sous sa main et cessa de penser. La caresser, en palper les contours le rassura. Il suça un de ses doigts et ressentit une chaleur douce ; il pressa ses mèches dans ses mains et l'eau se mit à couler comme d'un linge tordu.

Ses yeux se fermèrent sur un bateau qui s'éloignait et se rouvrirent sur un filet d'eau coulant d'une tôle. L'eau lui fit imaginer celle du ruisseau, le matin, et il se vit courir après ses bateaux de bois pour les sauver, au bord de l'égout. Vincent, au bord du trottoir, le suivait en battant des mains :

– Rattrape-le, rattrape-le ! Sinon, il ne reviendra pas, tu ne le reverras plus jamais...

Il se frotta les yeux et ressentit une rage à la

pensée qu'il se perdait à nouveau dans ses divagations, qu'il n'était plus le maître de ses images.

— Va apprendre tes leçons ! disait la mère.

Et lui regardait la rue avec envie, voyait le comptoir où les buveurs bavardaient sans jamais se lasser, quittait son sac de légumes secs et allait mettre dans sa tête des tas de phrases pour faire plaisir aux grands.

Il sortit d'un demi-sommeil pour s'apercevoir que la pluie tombait de plus en plus lentement, que le ciel fatigué suspendait ses coups. Un peu de clarté se montrait déjà. Alain regarda autour de lui et pensa que Loulou et Capdeverre tiendraient avec lui sous la tôle, s'ils se serraient bien. Il vit la place que chacun occuperait et eut un sourire.

On aurait cru que la clarté en profitait pour se répandre. On distinguait nettement le bruit des gouttes retombant des arbres de celui de l'eau tombant directement du ciel.

L'enfant se dressa et sa tête heurta la tôle. Il calcula qu'un homme ne pourrait entrer dans cet endroit. Il battit une marche avec ses doigts, de plus en plus vite, pour imiter celle que battait la pluie quelques instants auparavant. Il respira très fort.

Ses culottes lui collaient aux cuisses et sa peau

rougissait par endroits. Il regarda ses sandales, puis ses genoux et promena sa main dessus. Il pensa à une grosse savonnette toute ronde. Il se répétait :

— Tout va bien, mon vieux ! Qu'est-ce que tu as ? La vie est belle ! Regarde, il ne pleut plus. Écoute : un oiseau chante. Donne des coups de pied dans les pierres, glisse sur les rampes, tire les sonnettes, salue les amis ! Tout va bien, tout va bien, tout va bien...

Il ne parvenait pas à se convaincre, et alors les « tout va bien » laissaient place aux « Qu'est-ce que j'ai ? mais qu'est-ce que j'ai ? ».

Il resta là, stupide de voir que la pluie ne tombait plus et qu'il était mouillé. Tout lui semblait plus clair autour de lui, sauf ses idées.

Il se demanda quelle heure il pouvait être, ce qu'il faisait là, loin de tout, près de ce morceau de tôle, dans un terrain où nul ne viendrait. Ses doigts de pieds remuèrent dans ses sandales. Il prit une décision pour ne pas rester ainsi prostré plus longtemps.

Il fit quelques pas. Il n'osait trop remuer car maintenant ses vêtements glaçaient son corps. Il marcha en fixant le sol jusqu'à la palissade et sortit du terrain en se glissant entre deux planches, comme il était entré. Il prit soin de tout remettre en place. Un dernier coup d'œil fut jeté aux affiches de la palissade. Le papier brillait encore mais çà et là, de vilains plis le traversaient.

Il tourna vite la tête ; il ne voulait pas revoir la plus grande affiche. Il fit un détour pour rejoindre la rue ; il craignait de la retrouver trop vite.

Il marcha sans penser à rien.

De très loin, il regarda enfin l'affiche et, comme si le soleil voulait se montrer agréable, il brilla.

L'enfant marcha, en le regardant sourire, rouge déjà des feux du couchant mais jetant sa clarté dernière, tel un chant du cygne.

La peau de son visage tirait, ses cuisses lui faisaient mal, il éternua plusieurs fois. Enfin, il respira très fort comme s'il avait désiré que ce fût le soleil qui pénétrât dans ses poumons.

Il vit sa petite bande assise sur les marches mouillées. « Ceux de la rue Labat » étaient au complet : Loulou, Capdeverre, Grand Jack, la petite Italienne, la tondue, les « petits mômes ». Il les regarda et leur fit des signes. Les bras s'agitèrent en sa direction.

La « fille du proprio » faisait ses courses avec un grand filet. Plus loin, la mère Étienne et le Gastounet bavardaient avec la concierge du

**76.** Les femmes ouvraient leurs fenêtres et remuaient les mains. Il devinait leurs paroles :

— Qu'est-ce qu'il a tombé !

— Quel sale temps, et moi qui venais de pendre mon linge !

— Mon mari n'a pas pris son parapluie, il va rentrer propre !...

Les chiens reniflaient les murs pour rechercher d'anciens souvenirs effacés par la pluie. Alain s'arrêta devant la cordonnerie et jeta un coup d'œil sur les chaussures alignées qui demain peut-être marcheraient et partiraient dans toutes les directions.

Il demeura là assez de temps pour peser du regard le spectacle de la rue et parce qu'une angoisse le tenaillait toujours.

Lentement, il lui sembla qu'il se libérait, que ce qu'il gardait « au bout de la langue » allait se montrer, il ne repoussa plus ses vraies pensées.

Des heures s'étaient écoulées depuis qu'il avait quitté sa mère. Qu'était-il arrivé ? Comment la retrouverait-il ? Où serait Vincent ?

Il craignit de les revoir figés dans leur immobilité déchirante. Il fit le geste de fuir à nouveau vers le Terrain mais il se sentait fatigué, mouillé, frileux et, sous sa tôle, il serait seul et inquiet. Il rêva d'un feu et de son lit chaud et douillet.

La pensée ne fit que l'effleurer qu'il recevrait

une gifle et qu'on lui reprocherait son retard et de rentrer en tel état.

Il se décida à regarder la boutique et la trouva plus claire, plus propre après la pluie. La plaque-réclame de métal brillait aux endroits où elle n'était pas encore écaillée. On distinguait, entre les piles de boîtes de conserves, des panonceaux en carton : le marmiton du Kub au bonnet écorné, le Lion noir veillant sur son cirage... Les paquets de chicorée s'élevaient en tours carrées. Non seulement ces objets avaient une forme agréable mais on pouvait très bien imaginer le goût de leur contenu.

Il ne s'arrêta pas aux détails et aux sensations. Il saisit du regard l'ensemble de la boutique et sentit que le rectangle de la porte l'attirait invinciblement.

Passant près de ses camarades, il leur jeta, ainsi qu'on jette un os à un chien, la première phrase qui lui passa par la tête :

– Salut, la bande ! Je reviendrai...

– Mais tu es tout mouillé ! cria l'un d'eux.

Il ne l'entendit pas et, pour franchir les quelques mètres le séparant de la porte, il courut.

En quelques secondes, il eut le temps d'éprouver la crainte que le bec-de-cane résistât à sa main. Il appuya dessus de tout son corps et trébucha quand la porte s'ouvrit.

Il trouva sa mère seule dans l'arrière-boutique. Son visage semblait fatigué. Elle frottait à la toile émeri la plaque de sa cuisinière qui brillait pourtant. Ses yeux n'étaient pas mouillés mais elle semblait en proie à une grande agitation intérieure.

Elle cessa de frotter et ils se regardèrent. L'enfant eut un mouvement craintif, puis lui sourit. Elle ne s'aperçut pas qu'il était mouillé tant ses yeux étaient posés sur les siens. Elle lui rendit son sourire.

Alain, malgré lui, jeta un regard de côté vers la chambre.

A ce moment, le visage de sa maman devint douloureux et, brisant toute barrière, elle répondit à l'interrogation qui se lisait dans le regard de l'enfant. Désignant la porte, elle lui dit :

– Cours !

Et tandis qu'il la regardait sans comprendre :

– Cours, vers la rue Custine, cours !...

Elle lui posa la main sur l'épaule en le poussant vers la porte.

Il la regarda comme s'il voulait donner des baisers avec ses yeux, ouvrit la porte, sentit qu'une boule montait dans sa gorge et, pour la retenir, se mit à courir.

Avant même d'être arrivé rue Custine, il était essoufflé ; il ralentit en se tenant le côté où un point douloureux se faisait ressentir. Il courut de nouveau très vite, ralentissant par saccades. D'instinct, il courait vers la file des taxis, éperdu, prêt aux larmes. Son visage grimaçait. Il bouscula une vieille dame et s'excusa à peine.

Il lui sembla qu'une nouvelle force l'enlevait. La rue était pleine de passants qu'il écartait en courant. Il filait comme une boule éparpillant tout le jeu de quilles. Il traversa une rue où une auto freina et le frôla. Il n'entendit aucune imprécation. Il courait en soufflant comme une machine, opposant à sa fatigue un effort tenace. Toute sa volonté était dans sa course.

Soudain, émergeant de la foule des petits hommes, il vit le géant noir portant ses deux valises, qui se dirigeait vers un taxi. Il cria :

— Vincent, Vincent !

Il n'en pouvait plus et sa voix s'étranglait dans sa gorge. Vincent n'entendait pas et déjà jetait ses valises dans la voiture.

Alain sentit ses jambes fléchir sous lui. Il pensa un instant qu'il ne pourrait plus courir et que le taxi partirait sous ses yeux. Il cria encore en se déchirant la gorge :

— Vincent, VINCENT !

Enfin, le nègre se retourna, le regarda, fit signe au chauffeur de taxi de l'attendre et marcha les bras ballants dans sa direction.

Alain et le nègre se regardèrent de loin puis l'enfant sentit ses forces lui revenir, le dernier mur se briser et l'air pur pénétrer dans son corps.

Le visage de Vincent s'éclaira et ils coururent l'un vers l'autre.

En un instant, Alain fut dans les larges mains qui le soulevèrent du sol. Il se serra contre le visage noir et l'embrassa. Il eut un gros sanglot et, regardant Vincent, il lui sourit à travers ses larmes.

Vincent lui toucha le bras :

— Sois fort, sois fort !...

Il ne savait trop ce qu'il disait. Alain répondait : « Oui, oui... », et le regardait de tous ses yeux.

En un instant, il n'y eut plus de barricades, tous les nègres de l'enfance tombèrent un à un. Il n'y avait plus que Vincent, le grand frère doux et bon.

— Sois gentil, sois fort, aime ta maman...

— Oui, oui..., répétait Alain, et il pensait que Vincent était bon.

Ce qu'il lui disait, il l'écoutait de tout son cœur et le garderait comme un message.

Enfin, l'homme le posa à terre, l'embrassa et revint vers son taxi. Alain appela encore :

— Vincent ! Oh... Vincent !

Sa voix se brisa ; dans son appel se lisait toute la douleur qu'il ressentait.

Vincent revint à lui, à la fois bouleversé et heureux, l'embrassa encore et courant en direction du taxi lui cria :

– Je reviendrai !...

Il ajouta :

– ... un jour et tu seras grand !

Sa voix chanta comme un adieu.


Alain vit partir le taxi, se retourna et marcha, lentement cette fois, tête baissée, très lentement...

Il comprit pourquoi il était malheureux depuis quelque temps. Il revit tout ce qu'il avait fait avec Vincent, tout ce que Vincent lui avait appris. Sa poitrine se gonfla et il pleura sans bruit. Une auto s'arrêta près de lui ; il s'aperçut qu'elle ressemblait à celle qu'un jour Vincent avait arrêtée avec ses mains, mais cette fois un homme la conduisait.

Alain pensa à la force qui s'exerçait ainsi en jeux pas méchants. Il renifla et voulut être très fort. Il cessa de pleurer « pour ne pas être une fille » et marcha d'un pas plus assuré. Il regarda le boucher qui jetait sa viande de très haut sur la balance. Ça faisait « clac » à chaque fois. Il s'essuyait les mains contre son tablier, mouillait son pouce et tendait à la cliente un ticket coloré où il venait de marquer le prix.

L'enfant alla jusqu'à sa rue et regarda le ciel au-dessus de la maison du haut, puis, ses yeux se baissant, il en distingua tous les étages et pensa qu'il en connaissait tous les habitants : le maçon, le bureaucrate, l'employé du gaz, la vieille couturière... Ses yeux descendirent encore et il vit les marches bruyantes d'enfants. Il eut un petit soupir en pensant à certain jour où Vincent s'y était amusé avec eux.

Plus bas, un mendiant auquel personne ne prêtait attention, chantait – ou essayait de chanter – *Le Temps des cerises*. C'était l'heure animée, avant le repas du soir, l'heure à laquelle les hommes rentraient du travail harassés, où les femmes terminaient leurs commissions. De fenêtre à fenêtre, on s'interpellait pour répéter des phrases banales.

– Vous n'auriez pas un peu de persil ?

– Si, je vous le fais porter par le petit.

– Merci, Madame, et ne vous gênez pas, s'il vous faut quelque chose...

Il vit des concierges assises devant leurs portes, qui assistaient au passage de leurs locataires. De petits groupes se formaient. Des journaux de sport ou de courses s'agitaient. On parlait déjà de football et on entendait revenir des noms de villes qui étaient aussi des noms d'équipes : Nice, Lille, Bordeaux...

Le petit Samuel jouait derrière sa fenêtre. Loulou et Capdeverre racontaient leurs exploits car on faisait cercle autour d'eux.

Alain, en voyant le spectacle familier, eut envie de rire, brusquement, et... il le fit. Quelques picotements se faisaient sentir dans ses yeux mais ce n'était plus rien. Ses vêtements étaient humides mais il n'avait pas froid et n'était plus fatigué.

Il pensa encore à Vincent et soupira longuement. Il se sentit plus riche qu'avant, plus grand, plus fort aussi. Ses pensées maintenant seraient calmes car il reverrait toujours le visage confiant et raisonnable du grand frère noir. Il venait enfin d'apprendre la vie, d'entrevoir qu'au bout de l'enfance il resterait toujours un peu d'enfance, que les grands n'étaient pas aussi différents de lui-même qu'il le pensait auparavant.

Sa maman serait triste encore longtemps mais un jour tout cesserait parce que ces choses-là cessent toujours.

Le père de Loulou le dépassa et lui dit :

– Ça va toujours depuis midi ?

Il leva vers lui de bons yeux.

— Ah, tu es un rude gars ! ajouta l'homme.

Alain regarda ses longues jambes et allongea son pas.

Arrivé à la boutique, il éprouva la surprise de voir le comptoir encombré de clients. La Cuistance, la mère Étienne, le père Biscot, les deux maçons, Lucienne..., ils étaient tous là, bavardant et riant comme si rien ne s'était passé. Sa mère, derrière le comptoir, offrait le visage tranquille de la commerçante.

Il s'attendait à trouver une atmosphère de deuil et s'aperçut que tout était gai, que là aussi, tout vivait.

Sa mère vint vers lui et lui caressant les cheveux doucement :

— Tu as dit « au revoir » ?

Alain la regarda tristement et fit signe que « oui ». Il avala sa salive et elle l'embrassa tendrement en le poussant vers l'arrière-boutique.

Très doucement, avec un bon regard de mère, elle lui dit :

— Eh bien, change-toi maintenant et puis tu mangeras. Va, mon petit, va...

Il éprouva l'impression que son corps plongeait dans du duvet.

Il eut soudain très fortement envie d'ouvrir une boîte de cassoulet.

*La composition de cet ouvrage
a été réalisée par I.G.S. Charente Photogravure,
à l'Isle-d'Espagnac,
l'impression et le brochage ont été effectués
sur presse Cameron dans les ateliers
de **Bussière Camedan Imprimeries**
à Saint-Amand-Montrond (Cher),
pour le compte des Éditions Albin Michel.*

*Achevé d'imprimer en mars 1999.
N° d'édition : 18131. N° d'impression : 990981/4.
Dépôt légal : mars 1999.*